炼金术师的密室

Alchemist in Locked Room

[日]绀野天龙·著

杜星宇·译

宁波出版社
NINGBO PUBLISHING HOUSE

◇千本樱文库◇

◇前言 PREFACE

文库，原本是指收纳书物的仓库和书库，也指收纳书、记事簿以及非日常物品的小箱子。以前者为例，京浜急行线的“金泽文库站”就是镰仓时代北条氏用来收藏汉书用的，“金泽文库”名称的由来便是如此。东京都的世田谷区也有收藏着珍贵汉书的“静嘉堂文库”。后者多被称为“手文库”。

江户时代以来，可以放入袖袂的小开本图书逐渐流行起来，被称为“袖珍本”。明治三十六年（1903 年），富山房发行了小开本的丛书，起名“袖珍名著文库”。随后，明治四十四年（1911 年），讲述战国时代的猿飞佐助和雾隐才藏系列故事的讲谈社“立川文库”出版发行。讲谈是一种日本民间艺术，指以口语化的方式讲述历史故事的形式。而“立川文库”则是指由讲谈收录成册并集中出版的丛书，据统计，当时刊行量为 200 册左右。从那时起，文库就脱离了原本的释意，逐渐演变成了现在的类书集丛。

文库说法借鉴了日本出版界的传统说法。而千本樱源自日本奈良县吉野山樱花盛开的奇景，世人皆用“一目千本樱”来形容樱花美景。千本樱文库的收录作品皆为日系作品，题材包括推理、悬疑、幻想、青春、文化等类型，恰如千本樱满山盛开的绝景。

现代日本，以“文库”命名刊行的丛书系列有 200 种以上，所谓“文库本”只不过是统称而已。日本传统的文库本常用的是 A6 尺寸（148mm × 105mm），也叫“A6 判”。千本樱文库的所有图书将在文库本的基础上提升，达到 148mm × 210mm 的开本标准。追求还原的同时，力图带给读者更清晰的阅读体验。

从 20 世纪 70 年代以来，日系推理小说逐步进入中国读者的视野。随着时代更替，涌现出了各种不同风格的作家，如独具特色的“妖怪型”推理作家京极夏彦、科幻推理派代表西泽保彦、“理系推理作家”森博嗣、以虚构颠倒真实的城平京，等等。

受到这些新本格派先锋人物的影响，“推理新秀”绀野天龙创作出了世界观独特又重视逻辑的“炼金术师”系列。在该系列中，读者不仅能感受蒸汽时代的魅力，探寻世间“七大神秘”的真相，还能见识多起离奇的密室案件。此外，主角的人物关系与身世也是一大看点。不论是角色设定还是剧情走向，相信这个生动的炼金术世界不会让各位读者失望。

千本樱文库编辑部

RENAISSANCE OF LIGHT NOVEL

轻的文艺复兴

轻文艺是介于轻小说与纯文学之间的分类。与轻小说一样，轻文艺较多使用配色浓烈鲜明的背景与人物形象的立绘作为封面。而在内容方面，除了汲取轻小说中“剑与魔法”“异能”“机械”等常见要素以外，更加注重构筑世界观，合理搭建人物关系，使其充分服务于剧情发展，因此更加具有逻辑性，作品完成度更高，并非只依托于“角色力”。而与纯文学相比，其天马行空的想象力，更受年轻读者喜欢的角色，以及融入流行文化的余味，都充分诠释了“轻”的概念。作为类型文学的重要分支，“轻文艺”不仅体现着文学的功能性，更将娱乐性发挥得淋漓尽致。

说到轻文艺的起源，离不开轻小说的发展。21 世纪初，轻小说曾经涌现出大量内容丰富的杰出作品，读者群体涵盖甚广，题材百花齐放，文学性与娱乐性都非常高，当时堪称轻小说的“黄金时代”。但随着动画市场的商业化运作愈发成熟，轻小说逐渐受到形象商务与媒介联动的影响，“萌文化”与“角色力”逐渐占据主导地位，如今轻小说的受众群体范围在逐渐缩小。近年，轻文艺的涌现也正是适应了读者的需求与时代的改变。

“轻的文艺复兴”旨在再现当初轻小说“黄金时代”的繁荣，遴选当下具有代表性的轻文艺作品，其中既有口碑甚好的名作，也有个性鲜明的新作。宛如文艺复兴运动，将曾经辉煌过的流行文化，推荐给这个时代的读者们。

千本樱文库

炼金术师的密室

Alchemist in Locked Room

目 录
CONTENTS

世间万物由“第一原质（Prima Material）”这一物质构成，“第一原质”具备若干属性，各属性彼此组合，形成各种原子。属性及组合与不可见能量以太[1]息息相关。究其本质，操作“第五元素”以太的技术，即炼金术或嬗变术。

1　以太，英文 Ether 或 Aether 的音译，是古希腊哲学家亚里士多德设想中的一种物质，是物理学史上一种假想的物质观念，其内涵随物理学发展而演变。——译者注

通往神域的七大神秘是2000年前，由“神之子”赫尔墨斯·特利斯墨吉斯忒斯提出的。

从第六神秘到第零神秘，如攀登阶梯般步步递进，任何阶段不可跳过。现解明至第五神秘。

■墨丘利公司职员

费迪南德三世	顾问炼金术师
爱娜温	赫蒙克鲁斯（人工创造的非人般存在）
达斯汀·戴维斯	社长
詹姆斯·帕克	开发部部长
艾扎克·华莱士	安保部部长
丹尼尔·吉布斯	保安
提奥·克罗斯	保安

登场人物

■亚斯塔禄王国一众

亨利·弗维尔……………………军务部情报局局长，中将
菲利克斯·克鲁兹……………………埃特曼安吉警察总局探长
艾米利亚·施瓦兹德芬……………………军务部情报局新人，少尉
特蕾莎·帕拉塞尔苏斯……………………军务部国家安全炼金术对策室室长，上校

■特利斯墨吉斯忒斯居民

奥斯卡·温切斯特……………………老年嬗变术师
莱拉·黛安芬……………………女性嬗变术师
罗根·布朗……………………壮年嬗变术师

真实不虚，永不说谎，必然带来真实：
下如同上，上如同下；依此成全太一的奇迹。
万物本是太一，借由分化从太一创造出来。

——《翠玉录》序文

第一章

水银与水之交

1

艾米利亚·施瓦兹德芬走下蒸汽快车，来到月台。阳光如注，他不由得皱起眉头，赶紧扬起左手遮阴。

透过指缝看见的天空高远澄净，与几小时前尚在眼前的暗灰天色截然不同。

历法还只到春季过半，阔别一个半月的王都埃特曼安吉却已呈现出夏日风情。北部日日春寒料峭，艾米利亚跟平时一样穿着厚重军装而来，结果一下车就心生悔意。

罔顾原地呆立的他，列车鸣响尖锐汽笛缓缓开动，仿佛在嘲笑他是个乡巴佬。面对此情此景，他垂头丧气地自言自语：“唉，说真的，我现在的确只是个乡巴佬啊。”

他戏谑地笑笑，但完全不觉得有趣。列车一边向泼满群青色颜料般蓝到恶俗的天空喷吐滚滚纯白蒸汽，一边飞驰而去。他目送它离开，继而迈开脚步。

走出车站，眼前就耸立着目的地——政府第三联用大楼。这座威严的砖楼颇具高度，需要仰望。建筑四处缺砖少瓦，墙面攀满爬山虎，外观不甚整洁。不过，政府机关恐怕处处如此。

相比观赏眼前的大楼，艾米利亚的心思更多放在别处。

这里——就是目标人物的所在地。

想到这儿，艾米利亚紧张得手脚战栗，一边慎重前行，一边回想一周前发生的事，试图缓和紧张的心情。

亚斯塔禄国军队情报局局长亨利·弗维尔中将如同冬日暴风，突然来到艾米利亚所属的扎格罗斯山脉腹地阿万前哨基地。

“我来视察，想跟指挥官单独聊聊。”

情报局首脑亲自突击视察，事态异常，前哨基地一众军人吓得瑟瑟发抖。

归根结底，阿万前哨基地毫无实际价值，在军中甚至隐有流刑地[1]之名，军队大人物实在没理由大驾光临。

前来通知指挥官（即阿万前哨基地负责人艾米利亚）的副官科林似乎挺开心，笑着问：“究竟闯什么祸啦，少尉，您不会是巴力帝国的间谍吧？”深山四周只有积雪，无论多细碎的琐事都能当娱乐。

当然，艾米利亚也对亨利突然前来的原因毫无头绪，但收到传唤就只能听从。他抛下开垦作业，赶紧前去会面。

一见到艾米利亚，在接待室等候的亨利立刻喜笑颜开。

“好久不见，艾米利亚，突然不请自来，抱歉啊。”

“久疏问候，中将。”

艾米利亚敬了一个礼，在亨利对面的沙发落座。亨利·弗维尔一头银灰发丝梳得一丝不苟，蓄着胡须，是位优雅的绅士。艾米利亚读军校时备受他关照，但从军后或许是产生了阶级差别意识，如今再度正式会面，不

1　罪犯被流放的地方。——译者注

由得感到紧张。

亨利啜饮着部下送来的热红茶，怀念地说："说起来……半年不见了啊。我没能出席毕业典礼和授衔典礼，抱歉。"

"言重了。"艾米利亚慌忙将手中的茶杯与杯托一起放回桌面，答道，"我知道您事务繁忙。我也希望像您一样为女王陛下效力，所以每天都在钻研学习。"

"这很好。不过，你看起来像在勉强自己。是不是瘦了点？"

艾米利亚难以作答，只回以含糊的微笑。亨利愧疚地低垂嘴角。

"关于你现在的任务，我觉得自己责任不小。如果我力量再强些，或许就能压制那些轻浮之徒。"

"岂敢！这不是中将的责任！"艾米利亚慌忙推辞，"如果我处事能再圆滑些……"

话到此处，他自觉失言，噤声不语。

现在分配给艾米利亚的任务，乃是守卫阿万前哨基地。眼下虽非战时，但基地邻近王国与巴力帝国国境交界处，在档案中亦是重要据点之一。然而，此地山深雪厚，专程进攻只会产生不必要的伤亡，并无战略价值。加之补给线路匮乏，前线基地被迫自给自足，于是此处的工作，净是些开垦作业。

艾米利亚擅长脑力劳动，本想军校毕业后成为情报军官，却被发配闲职坐冷板凳，实在心灰意冷。

"抱歉，我不是想责备你。不过，目睹你的现状，我也很是心痛。我想恢复你的名誉，因此带了个特殊任务来。"

"特殊任务？"艾米利亚摸不清话题走向，心生疑惑。

“没错。”亨利夸张地点点头，又喝了一口热红茶，“我记得，你炼金术造诣颇深？”

炼金术。

无视世间一切物理法则，人类最后的神秘。

两千年前，“神之子”赫尔墨斯·特利斯墨吉斯忒斯传授的神之睿智。那些刻在巨大绿宝石板上的字句，毋庸置疑地颠覆了世界。

变贱金属为贵金属，自由操控灵魂，实现不老不死，最终甚至创造宇宙——是货真价实的神之睿智。

但也正因如此，常人难以理解秘术。或深或浅，当今世上，唯有仅存的七名炼金术师能够参悟奥秘。

艾米利亚慎重组织措辞，回答亨利的提问。

“严格地说，我懂的不是‘炼金术’，而是‘嬗变术’。”

“失礼了，原来如此。实不相瞒，我对那方面不太了解。”亨利兴味索然地说。

艾米利亚直觉他在撒谎。就算他是军中屈指可数的神秘否定派人士，但既然身处情报局局长这一要职，便不难想象他拥有的知识储备之广足以超过普通人。因此，这恐怕是对外的神秘否定姿态。

嬗变术是炼金术的下位替代品。两者都利用充满大气的能量——“以太”干涉物质状态，产生的结果之间却有一道绝对无法跨越的障壁。

一般表述中，能变贱金属为贵金属的是炼金术，不能的则是嬗变术。简单来说，炼金术是一种能够在元素层面改变物质结构的技术。化铅为金或化金为铅，重现人类历经漫长岁月孕育的科学技术无法企及的维度奇迹，这就是炼金术。

相对而言，嬗变术只能利用“以太”改变物质形状、状态或温度等性质，又或破坏物质。嬗变术能够实现的，炼金术都能重现。

当然，仅仅如此，这门技术也已大有用处。嬗变术师所到之处，总是备受追捧。

“虽说懂，我也只懂知识，并不能亲手使用嬗变术。”艾米利亚慎重地回答。

据说，嬗变术也好，炼金术也罢，干涉“以太”的能力受天赋左右，不论如何努力，不具天赋的人都不可能后天获得“以太”干涉能力。

“重点就是知识。”亨利看着艾米利亚，像要把他看透似的，“熟悉嬗变术，不正说明你也有一定程度的炼金术素养？”

“啊……多少比普通人强些。这跟您刚才说的有什么关系吗？”

“大有关系。我希望你活用自己的炼金术知识，参加墨丘利公司十天后举办的炼金术仪式。”

这话出乎意料，艾米利亚大惑不解。

墨丘利公司是世上屈指可数的能源企业，分公司遍布全球，员工总人数超过2000，主要从事独家高密度能源结晶“以太之光”的生产销售，借此获得了莫大收益。

“以太之光”能效远超现存的化石燃料，实现了蒸汽机性能的飞跃性提升。“以太之光”普及后，不仅火车、船舶、飞机等交通工具，连工业机械也导入蒸汽机，掀起了世界范围内的工业革命。

墨丘利确实聘用了一位“人类至宝”炼金术师做顾问，令其从事研究。听说，正因如此，指责公司将“人类至宝”私有化的批判滔滔不绝。

“怎么突然要办炼金术仪式？他们洗心革面，打算向大众公开‘以太之光’的生成技术了？”

“至少没有洗心革面。”亨利苦笑，“这次也是为了给生意做宣传。毕竟——据说他们实现了‘灵魂解明’。”

艾米利亚双眼圆睁。

“灵魂解明”——通往神域的“七大神秘”中的一层。

“神之子”授予的《翠玉录》展示了抵达神域的七个阶段。若要抵达神域，人类必须循序渐进、一扇扇打开这些大门。

首先是变贱金属为贵金属的“第六神秘·元素变换”。目前，世上只有七位炼金术师能够重现这一神秘。炼金术师的最终目标是攀上“七大神秘”的阶梯，抵达“神域”，嬗变术师的最终目标则是实现“第六神秘”，成为炼金术师。

其次是“第五神秘·‘以太’物质化”，即为前述“以太之光”生成技术，当前，仅有墨丘利公司顾问炼金术师能够重现这一奇迹。

接下来的“第四神秘”是“灵魂解明”。

倘若情况属实，墨丘利公司便独占了“七大神秘”中的两个。

“一时难以相信啊。近百年来，全世界炼金术师赌上了一辈子不断研究，都没能实现这些奇迹，居然有个炼金术师仅凭一己之力就实现了两个。”

“王国高层也持相同意见。当然，墨丘利似乎也猜到了这种反应，特意邀请我们派‘阿尔卡黑斯特’前去参加仪式……公开典礼。”

“阿尔卡黑斯特……”艾米利亚重复这个单词，“我记得，是今年春天情报局内新设的特务机关？我学识不足，只知道名字……”

“没错，守护女王陛下及整个亚斯塔禄王国免受他国炼金术相关技术侵害的超法规特务机关，军务部情报局战略作战部、国家安全炼金术对策室——统称‘阿尔卡黑斯特’。”

报出这个名字时，亨利似乎痛心疾首。艾米利亚觉得不太对劲，却更在意其他事情。

“恕我失礼，我不太明白您的意思……既然‘阿尔卡黑斯特’是炼金术相关特务机关，自然要接受墨丘利的邀约，去仪式上确认真伪吧？若是如此，为什么连我也必须参加仪式？”

“这就跟你的任务有关了……”

亨利顿了顿，凝视着艾米利亚，压低声调：“我希望你与‘阿尔卡黑斯特’室长同行，暗中侦查此人品行。”

“啊？”事出意外，艾米利亚痴呆地嚷了一声。

但这反应似乎也在亨利预料之中。他淡然继续道：“‘阿尔卡黑斯特’虽是特务机关，眼下成员却只有室长一个。这位室长略显乖僻，极端厌恶与部下或同僚共事。当然，军务部本不会容忍如此任意妄为之举，无奈女王陛下无端欣赏此人，我们行事自然无法太过强硬。然而，此人品行不端，受其他部门控诉不断，经过讨论，我们决定假借仪式监察之名派出密探。要同行前往参加炼金术仪式，必须具备一定程度的炼金术素养才显得自然。军中在籍嬗变术师没空参加此等闹剧，你这个懂炼金术又头脑灵活的优秀人才就被抓了壮丁。”

“且、且慢。话题好像有点跳跃……说到底，密探究竟要做什么？”

“正如其名，就是秘密探察。尽量近距离观察室长，确认其行动是否有辱王国代表的身份，并如实向我汇报所见情况。密探的工作期限是举办仪式的两天，结束之后——作为这次特殊任务的功绩，将会解除你现在的北部战线据点防卫任务，由我负责调你回中央。”

由亨利调回中央——这意味着直属军队中枢情报局，可以正式参与各种任务。对艾米利亚而言，此等良机求之不得。

与此同时，他尚存疑虑。任务的筹码如此符合自己心意，莫非有什么险恶陷阱？他当然相信亨利，但此事涉及高层，小心驶得万年船。

比如，嬗变术国家研究此前分明归教育部管辖，其实质上位机构“阿尔卡黑斯特”却设在与教育部水火不容的军务部，个中理由散发着浓厚的政治气息。加上同一部门的情报局打算暗中侦查“阿尔卡黑斯特”室长，这股气息就更加明显。

然而，要改变坐冷板凳的现状，即使有些不安，也不能错过这次机会。最重要的是，亨利不远万里来到边境请自己帮忙，艾米利亚非常高兴。他想尽力回应对方的期待。

当然，如此单纯的思考，情报局局长这等大人物或许一开始就已看穿……即便如此，艾米利亚还是下定决心回答：“遵命。我接受这次任务——”

“施瓦兹德芬少尉？”

突然的招呼将艾米利亚硬生生拽出沉思，拉回现实。

眼前，联用大楼的前台小姐诧异地盯着他的脸。艾米利亚并非正式政府职员，此刻，他正在前台办理用于大楼内自由活动的许可证。

“对不起，我第一次来政府大楼，太紧张了。”艾米利亚笑着蒙混。

前台小姐诧异地歪歪头，递出许可证。

“这是许可证。请在离开时归还。”

“好的，谢谢。”

艾米利亚接过许可证，走向目的地。他穿过走廊，再次想起自己和亨利的秘密对谈。

会面的最后，艾米利亚斗胆问了唯一一个不解事项。

为什么“国家安全炼金术对策室”的室名没用嬗变术，偏要标榜炼金术?

就算研究炼金术，但不是炼金术师的话就无法理解也无法使用，所以应该没什么意义。

那位室长，究竟是什么人?

这么一问，亨利不快地皱着眉回答：“‘阿尔卡黑斯特’室长，是世上仅有的七个炼金术师之一。”

2

国家安全炼金术对策室位于联用大楼地下。

艾米利亚独自走过晦暗的走廊，每隔几米设置一盏灯，聊胜于无地照着脚下。难以言喻的惶恐强烈地煽动起他的不安，他的心境却被另一种感情搅得不甚平稳。

说到炼金术师，那可是“人类至宝”。

能随意操控神明智慧的超越者。世人奉他们为神使，满怀尊崇。就某种意义而言，他们可谓人类社会的特异点。比如，一国之中，亚斯塔禄王国的话，元首恩西杜安娜·奥芙·亚斯塔禄女王本应集万民尊敬于一身，然而炼金术师这一存在却全然不顾民众自说自话定下的规则，他们总会吸引众人眼光，最后获得“比国家元首更具存在价值”的评价。据说，各国都为如何在保证社会秩序的前提下应对炼金术师而头疼。

与此同时，炼金术师也是武力强大的象征。炼金术师虽各有所长，但炼金术能利用石子制造无限弹药，利用活体炼金术瞬间治愈伤兵，在战争中的价值巨大。

换言之，实现大国力量平衡之后，炼金术师可以发挥牵制作用。故此，各国高层使尽浑身解数，竭力让炼金术师居于本国、留在自己麾下。

目前，巴比伦尼亚大陆两大国家——亚斯塔禄王国与神圣军事帝国巴力各拥有炼金术师一名，完美地保证了力量平衡……然而，在艾米利亚放逐深山期间，形势似乎发生了大变化。

同时，除亚斯塔禄王国与巴力帝国外，海上移动共和国雅姆与宗教国家沙普什亦各有炼金术师一名，维持着世界平衡。不过，以炼金术行使武力为前提互相牵制的只有亚斯塔禄和巴力，贸易帝国雅姆与沙普什基本持静观态度。

除了国家拥有的四名炼金术师，其余几名不知身在何处……既然如此，王国此次迎来的这位，想必就是剩余的三名之一。

“没想到这么快就要跟炼金术师面对面……”

加入国军队，早晚有机会与炼金术师见面——艾米利亚有此期待，却没想到愿望实现得这么快，他还没做好心理准备。

究竟能不能圆滑应对呢？就在不安之感陡然增加之时，他自然而然地停下脚步。

晦暗走廊的尽头是一扇异常坚固的铁门。这恐怕就是目的地。据亨利所言，此处曾是临时拘留违反军规者的惩戒室。或许正因这条提前获知的消息，眼前的门扉看上去格外不祥，艾米利亚不禁吞了口唾沫。门上贴了块写有“国家安全炼金术对策室”的崭新牌子，却异常违和，反而让人觉得恐怖。

坦白说，这地方如此诡异，他现在就想转身逃跑。不过，他用钢铁般的自制力压制住怯懦，下决心敲了敲门。

厚重的响声在走廊里回荡。他等了片刻，室内却并无反应。他更加用力地又敲了一次，但仍旧不见反应。他想屋里或许没人，试着拧动门把手一推——门缓缓开了。

一阵刺激嗅觉的甜腻芳香让艾米利亚顿时眉头紧锁。

“什么味道？药品……不，酒精？”

他用军装袖口掩住嘴角，踏进室内。

房间意外宽敞。乍看之下，书本繁多，墙边书架装不下的书籍四处散落，压迫感与杂乱感极强，找地方落脚都费劲。

像样的家具只有房间深处的皮沙发以及摆在中央的弯腿桌子。其他物件包括巨大的蒸馏器、坩埚、用于熔解金属的反射炉等实验器具，正是想象中炼金术师实验室的模样。唯有天花板下垂落着拷问用的金属工具，展示此处原本的用途。

“这怎么说……真不得了……”

想看稀罕之物的心情推了艾米利亚一把。他目瞪口呆，不禁四下张望着走来走去。他注意力如此分散，所以当沙发上的布块突然蠢蠢蠕动，他吓得差点蹦起来。

他拼命平息飞快的心跳，开始观察。可疑物件再次蠕动，从形状和动作来判断，好像是个人。结合眼下状况——这正是“人类至宝”炼金术师。

艾米利亚紧张得吞了口唾沫，但还是下定决心，一步步靠近沙发。然而，地板乱得无处落脚，他的注意力又集中在沙发上的炼金术师身上，因此惹出了麻烦。他不小心踢飞了脚边滚落的白铁桶，发出巨大的噪音。

他吓得面无血色。自然，这也扰了炼金术师的清梦。

“嗯……怎么了？”

沙发上的人慢慢起身，似乎没搞清楚状况，披着布蠕动了一会儿，终于慢吞吞地胡乱扯掉布。

布匹下出现了意料之外的人物。

漆黑的秀发恐怕长及腰际，虽因刚刚睡醒而略显凌乱，却闪耀着斑斓的光泽，可见发质原本极好。大大的眼睛，高挺的鼻梁，零落花瓣般的小巧嘴唇，整张脸端正得可怕，隐隐散发着人偶似的无机质气息，给人一种阴森的印象。乍看之下，四肢修长，个子似乎也很高。

足以虏获世间所有女性的美貌，裹在身上的男式军装——然而，制服下的胸部高耸挺立，不容置疑地否定着什么。

出乎意料，这是一位极其美丽的——女性。只因听说是炼金术师，艾米利亚就下意识以为对方是男性。他焦虑起来。就算是不可抗力，擅闯年轻女性独自休息的房间，这状况称得上格外严重。

然而，眼前女性无视他的窘迫，自顾自地挠挠头，慢慢仰头看他。

“我说你，不好意思，能不能从那边的壶里倒杯水给我？我头痛得要裂了。”

“欸、啊，这……好、好的。”

艾米利亚惊慌失措，却还是听命倒好水，递出杯子。女性刚一接过就一饮而尽，深深叹了口气。逸散的气味中有股浓烈的酒臭。她似乎在上班时间喝酒，并且喝了个烂醉。岂有此理，在宛如认真精神化身的艾米利亚看来，如此蛮行难以置信。他从肩章看出她是名上校，却无法对这个长官产生丝毫敬意。

他一脸严肃，女性却满不在乎，边嘟囔“沁人心脾啊”边再次递出杯子，似乎想再来一杯。艾米利亚极不服气，然而一语不发，又老老实实从壶里倒了杯水。

女性再次一饮而尽，用力叹了口气，终于用沙哑的动听嗓音问：“你是谁？竟敢擅闯我的实验室。”

“这、我敲了门，但没人应……”

艾米利亚想指责她上班喝得烂醉，但努力忍住了。听到这话，女性嗤之以鼻。

“哈！敲门没人应，是‘现在很忙待会儿再来’的意思啊，呆子！永远尊重我等伟人的意志，可是卑贱凡夫的本分！”

这说法实在过分，艾米利亚无言以对。女性胡乱挥着手赶他走。

“没事就赶紧出去，我忙着呢。”

“恕我直言，您不是喝得烂醉……”

“蠢货，蒸馏酒是完全激活我金色脑细胞的灵药。而且我没醉，只是沉浸在炼金术的思索之中。”

说到这儿，女性恍然惊觉，掏出怀表确认时间。

“无所谓了。总之我待会儿要见人，你很碍事，赶紧消失。”

“不，我也有事找您……”

“啰里吧嗦！我刚才就说了，永远尊重我等伟人的意志，是你这种凡夫的本分。我让你走就赶紧走，等一百年左右再过来。”

所谓进退两难，指的大概就是眼下的状况。虽说知道她是个讨厌人类的问题人物……但没想到居然连交流都无法顺利进行。

艾米利亚想不出该如何是好，但很明显，继续惹恼这位炼金术师绝非上策。既然她让自己之后再来，那就只好如此。

艾米利亚无奈地转过身。炼金术师乘胜追击。

“下次来带瓶蒸馏酒，我就听你说个一分钟左右。真是的，男军人个个都是迟钝的木头，军人还是得要优雅机灵又细心的女性啊。啊，能不能早点来啊，艾米利亚小妹。”

艾米利亚不由停下脚步，满脸困惑地回头。

“那个，您刚才说什么？”

“你还在啊，匹夫。我没时间跟你这种庸才瞎耗！”

“失礼，但您刚才是不是提到了艾米利亚？”

“说了又怎样，跟你没关系吧？要是不希望自己最小号的脑髓被我用炼金术变成海绵，就赶紧消失！”

女性气得獠牙毕露，艾米利亚反倒逐渐冷静。

“如果我误会了，我先道歉。您等的人，莫非叫艾米利亚·施瓦兹德芬？”

一听这话，女性立刻面露惊讶。

“什么，你认识我可爱的艾米利亚？难道是她的使者？她突然不能来了，让你报信？”

“……不。”

艾米利亚皱着眉摇摇头，因不知如何接话而一时语塞。但他预感，若不尽快纠正，事态会越发糟糕。他下定决心，道出真相。

“其实，我就是艾米利亚·施瓦兹德芬。”

“啊？”

女性似乎饱受冲击，手中的玻璃杯摔向地面，发出一阵尖厉的声音，碎得彻底。

炼金术师的瞳孔缩小到极限，傻了似的嘟囔：“你就是……艾米利亚？但……你是……男人吧？”

“是男人。虽然因为家里情况特殊取了女名，但一直都是男人。嗯……辜负了您的期待，非常抱歉。”

虽然觉得谢罪不太对劲，艾米利亚还是姑且低了头。

“什、什么情况？”女性很慌张，“那、是假名？我是觉得‘黑色海豚[1]’这名字很搞笑……”

“是如假包换的真名。名字这么搞笑，真是抱歉。”

“欸，等等。那陪我去公开典礼的是……”

“是我。我今天是来打招呼的。”

“滚啊！”炼金术师大叫，声音里有种说不出的悲痛，“被骗了！可恶！局长那个胡子大叔！居然用花言巧语骗我！我还以为有个和年轻女孩共度的难得假期在等着我呢！饶不了他……我饶不了他！”

她抱着脑袋陷入消沉，转眼又仰起脸，凶神恶煞地瞪着艾米利亚。

“你也有错！被人呼来唤去的！虽然有点同情你，但我受的伤更深！同行的事作废！赶紧滚回那个凶恶的胡子大叔身边！”

“哎呀哎呀。”

1　施瓦兹德芬为德语“Schwarz Delfin”音译，其字义即“黑色的海豚”。——译者注

“什么‘哎呀哎呀’？！你怎么那么冷静？！”

这么一说，确实如此。面对世上仅有的七位炼金术师之一，“哎呀哎呀”确实离谱。她并非期待中的炼金术师，艾米利亚不小心松懈了。面对激动的人反而会冷静，他就是这种性格。

不过，直接撤退便无法完成任务。不论成败，他必须不择手段地继续。

“事情已经决定，请您放弃挣扎。同行一事并非情报局单独决定，而是军务部全体协商的结果。换句话说，这也是女王陛下的圣意。您想因个人事由违抗陛下赞成、军务部全体认可的命令，抹杀陛下的威光吗？”

“这、这个……”

炼金术师的狼狈显而易见。艾米利亚听说她深受女王陛下赏识，无人能够干涉，因此逆向思维推测，若令女王陛下不快，炼金术师也会站不住脚。看来的确如此。炼金术师恶狠狠地瞪着艾米利亚，口出怨言：“居然威胁我这个世纪大天才……你不得好死……”

“我知道。决定从军的那一刻起，我便已经舍弃了安稳死去的幻想。”艾米利亚微笑以对。

炼金术师碰了一鼻子灰，似乎放弃了。她深深叹了口气，破罐破摔地说：“好吧。我允许你同行。不过话说在前头，我不打算跟你好好相处，只是允许你同行，你可别误会。本来，我答应这件事只是因为我以为同行者是女性。我最讨厌男人和啰唆的家伙。也就是说，我讨厌你。”

说得直截了当，艾米利亚不禁失笑。不管军校时期还是从军之后，他周围大多是说一套做一套的利己圆滑之人，因此觉得如此感性且忠于本能的人十分稀罕。

对方似乎并不在乎军规礼节，艾米利亚对她也本无敬意，于是满不在乎地回以真心话："真巧，我的目的也只是完成任务，对您没有兴趣。我本就讨厌工作时喝得烂醉的放荡之人……最重要的是，我讨厌炼金术师。也就是说，我讨厌您。"

"嚯……真敢说啊。"炼金术师愉悦地挑起一边眉毛，"世上竟有人能讨厌集神明宠爱于一身的我。好吧，虽然只有两天，就姑且允许你和我共同行动。让我用魅力迷得你神魂颠倒——最后再像扔破抹布一样扔掉你。"

炼金术师狂妄一笑，伸出手来。无论如何，能继续任务就无所谓。艾米利亚还她一个意味深长的微笑，握住她的手。随即，他发现有个重要的问题忘了问。

"那个，很抱歉问晚了。能请教您的名字吗？"

"唔。"炼金术师不快地皱眉，"你居然不知道我？我可是世上最强的炼金术师。"

"恕我孤陋寡闻。"

"罢了。我就大发慈悲，告诉无知蒙昧的你。"

说着，男装丽人炼金术师松开两人相握的手，双臂抱胸，朗声宣告："我乃特蕾莎·帕拉塞尔苏斯，真名特蕾莎弗拉斯特·博姆巴斯茨·冯·霍恩海姆，至高无上登峰造极，神域的炼金术师！"

3

坐在联用大楼食堂露天座位上的炼金术师——特蕾莎异常引人注目。

她不过是随意跷起二郎腿，黑发随风飘散，漫不经心地看着菜单，却无端端散发出宗教画一般的神圣气场。实际上，来往的女服务生无不向她投来火热的视线，仿佛根本看不见坐在她对面的艾米利亚。艾米利亚感到一种奇怪的气恼，沉默地看着菜单。

那之后，艾米利亚提议，就算无意友好相处，至少应该共享最低限度的情报。对此，特蕾莎自顾自地扬言“肚子饿了，边吃午饭边说”，于是半强迫地带他来到这里。

事涉机密情报，本该在无须顾及周遭目光的密室商谈……但变成这样也是不可抗力。就算日后蒙上泄密的嫌疑，让这个任意妄为、吊儿郎当的炼金术师负责就好。艾米利亚当机立断。

“嗨，杰西卡，你今天也很可爱呢。我今天……好，就来一份烤牛排、一份土豆泥、一份五彩蔬菜什锦，再照例来杯原液蒸馏酒，大杯加冰。”

“酒不行。”

特蕾莎边向女服务生眉目传情边点单，艾米利亚赶紧叫停。特蕾莎难掩不快。

“点什么是我的自由。我说了不想跟你好好相处。”

“这是两回事。”艾米利亚冷静以对，“仪式结束之前，请您禁酒。您作为王国代表出席，如果当天浑身酒臭，道德品质会遭到质疑。我不在乎您的名声，但唯恐会损害女王陛下的威望。若您连这都无所谓，还请自由地——”

“哎，啰唆！”特蕾莎气得敌意毕露，“知道了，我点红茶！夏摘茶叶，要滚烫的！”

她自暴自弃地说完，将菜单递给女服务生。女服务生不明就里，艾米利亚笑着跟她点了烟熏三文鱼三明治。

女服务生离开后，特蕾莎突然一脸不安地探过来身体。

“但、但是，仪式当天总可以吧？那么喜庆的宴会，肯定会提供好酒。宾客应该都会品酒，这不是跟周围的人寒暄的必要之举吗？首先，酒精和炼金术渊源深厚……”

“不行。”艾米利亚果断否决，“如果您平常是个正经人，倒也没问题，但您本就品行不佳，如果再喝酒，不知会在公众场合如何失态。为了规避不必要的风险，必须严格禁酒。您要保住现在的地位，我要完成任务，这是互惠互利，还请死心。”

“你这男人！简直是恶魔！”特蕾莎仰天长啸，似乎随时都会哭出来。

几位女服务生偷偷看着他俩，投来的视线尖锐如枪。状况不佳。今后要想在军务部情报局过上安稳的军人生活，最好别惹面前的女性。稍微妥协一下吧。艾米利亚面露苦笑。

“哎呀哎呀……只是辛苦几天嘛。我会在仪式结束后为您奉上高级蒸馏酒，如今还请稍事忍耐。”

“本以为你只是根啰唆的木头，没想到是个好人啊！原谅你了！”

特蕾莎表情骤变，嘎吱嘎吱地嚼碎服务生端来的水里漂浮的冰块，快活地笑了。本以为这人难以取悦，结果似乎意外轻松。艾米利亚对她有所改观。

“对了，帕拉塞尔苏斯上校。”

“别叫上校，军人游戏不合我个性。”特蕾莎桀骜地纠正，“叫‘特蕾莎大人’或者‘老师’。”

“那么，老师，”艾米利亚出师不利，振作精神回到正题，“恕我失礼，说到炼金术师，印象都是老奸巨猾的贤者……您却截然相反。坦白说，我一时难以相信您是‘人类至宝’炼金术师……”

“你让我出示证据？”特蕾莎刁难地扬起嘴角，“人人都只会说同一句话，毫无创造性。首先，我炼金术师的身份是确凿的事实。我曾在女王陛下及其他人面前使用过炼金术，将石块变为黄金。换句话说，女王陛下本人就是证人。你难道想说女王陛下在撒谎？”

“不，我可没这么说。”反驳的话出乎意料，艾米利亚慌了，“但有些事就算是真的，直觉上还是无法相信。好比行星自转和重力，长时间都不为人所知……”

“原来如此，你是那种眼见为实的人。缺乏想象力，是蠢材该有的样子。”

特蕾莎笑眯眯地投来试探的视线。不把人当人的轻蔑目光让艾米利亚产生了本能的厌恶。

“不过，现在在你眼前使用炼金术有什么用？消除你的偏见，让你承认我是炼金术师，我能有什么好处？现状不会有任何变化。你让我展示炼金术，只是出于兴趣，想要满足自己的好奇心，这是不是太不尊重我了？用最简单的方式说——太没礼貌了。打个比方，这就相当于你的名字是女名，长相也有些女性化，就算自称男性我也实在无法相信，所以让你当场脱下长裤和内裤证明自己——不是吗？”

炼金术师言辞尖锐，艾米利亚沉默不语。确实，他这番发言被当作对特蕾莎这一特异存在的轻蔑也无可厚非。她拒绝要求和心生不快，或许都是理所当然。

艾米利亚坦诚地低下头：“对不起，我说得太过了，非常抱歉。”

“没事，我习惯了，别在意。”特蕾莎若无其事地说。

抬头一看，她脸上铺满粗俗的笑。

“不过，被愚钝之辈小看也相当不爽。仅此一次，我大发慈悲，让你见识见识我的撒手锏。”

桌对面的特蕾莎缓缓倾身，凝视艾米利亚的脸。艾米利亚生性严肃，很少与女性近距离接触，加上从未见过特蕾莎这样的美人，心跳自然加快。他盯着距自己不到二十厘米的特蕾莎那黑玛瑙般的双眸，仿佛被夺走了视线。这名炼金术师品性恶劣，但确实格外美丽——就在他迷迷糊糊开始想这些时，变化出现了。

特蕾莎的双眸——仅右眼，虹膜变成了红宝石般鲜艳的绯色。变色结束，金色纹样自漆黑的瞳孔深处飘然浮现。那是个直线呈锐角交织而成的“*”形奇妙纹样。

“神印——”

艾米利亚呆呆地呢喃。

所谓“神印”，乃昭示神明使者身份的印记。据说，所有炼金术师的身体某处都有这种与生俱来的奇妙纹样。可以说，这是自由操控“以太”，得以实现神迹“元素变换”的天赋之才，是超越人类存在的证明。

此外，全世界只能同时存在七位炼金术师。一位炼金术师死后，几乎同一时期，世界某地便会诞生拥有“神印”的新炼金术师。

据说，这一切都源于先天，不会后天发生。炼金术师不会缺人或换人，世上始终只有七名，因而极为珍贵。

特蕾莎察觉艾米利亚已然理解，满足地微笑，她调整坐姿，再次靠向椅背。此时，她的右眼已经变回原本的黑玛瑙色。

“如果你非得看炼金术才能相信，我倒也不吝于当场展示。比起制造，我更擅长破坏，就把这张桌子炼成黄金，然后打个粉碎好了。”

“不，已经足够了。”

艾米利亚心跳加快，只因再次获知眼前的女性是超出常理的存在。

“那行。别提这些，聊点更有建设性的吧。你似乎想共享最低限度的情报……你想知道什么？”特蕾莎改变了话题。

艾米利亚不想让她看出自己的心境变化，努力冷静地问：“老师……这次的事，您怎么看？”

“你说‘灵魂解明’？”

“是。王国高层持怀疑态度……我想请教专家的意见。”

“这个嘛……”特蕾莎抚着嘴角思考，“专门要求王国派遣专家，应该不是完全的谎言。不过，‘第五神秘’之后，连‘第四神秘’都由同一个炼金术师再现，实在难以置信。”

“您是说，他们在撒谎？”

“我不会说得那么严重，但他们恐怕有意牵制，牵制军务部春天设立的炼金术关联机关‘阿尔卡黑斯特’。”

还能这么考虑啊？艾米利亚心生敬佩。此前，国内唯一的炼金术师隶属墨丘利公司，为使外交力量平衡，王国在税金、流通等方面为墨丘利提供了各种便利，但随着特蕾莎登场，国内的炼金术师增至两人，王国无须继续顾忌墨丘利的脸色，甚至将来可能取消迄今给予他们的大量特权。

于是要向国家主张本公司炼金术研究的先进性、展示实用性——观点很有趣。

话题刚好告一段落，菜送来了。服务生换了个人，特蕾莎“嗨，玛丽安娜，你今天也很美啊”地打着招呼，丝毫不见跟艾米利亚对话时的厌恶情绪，笑容极其爽朗。

女服务生害羞地低垂双眸，红着脸快步离去。特蕾莎望着她的背影，喃喃道“真可爱啊”。这恐怕不是客套话或场面话，而是她真心所想。照此情况，她恐怕招惹了军务部——不，是招惹了第三联用大楼的所有女性职员。加上大白天就酗酒，难怪各方都控诉她品行不端。艾米利亚半带震惊地吃起送上桌的三明治。

两人一时沉默，专注用餐。特蕾莎言行傲慢，将食物送到嘴边的动作却极为优雅，看得出教养良好。这样不说话时，只看外表明明很完美。艾米利亚略感惋惜。

“对了，”饭后，特蕾莎一边啜饮送上桌的红茶，一边开口道，“墨丘利公司总部在哪儿？我听说在国内，但得坐船去。”

“您不知道吗？水上蒸汽都市特利斯墨吉斯忒斯。”

“那是什么地方？”

“浮在巨大湖泊普拉尔湖上的人造都市。三十年前，在‘以太之光’实际投入使用的同时，墨丘利的炼金术师开发了大功率新型蒸汽机，制造出漂浮在湖面上的人造都市。要实现‘以太’结晶化，好像必须使用大量淡水进行冷却。”

不仅是炼金术，墨丘利的这位炼金术师顾问在工学、化学领域也十分活跃，获得了王立大学特别授予的博士头衔。

“哼，特利斯墨吉斯忒斯啊……”特蕾莎不快地鼻子一哼，“擅用‘神之子’的名号，墨丘利也真够狂妄的。这么说来，‘墨丘利’也是赫尔墨斯的别名。赛斐拉教会没抱怨一两句？”

“好像多少有些纠纷……但对方毕竟是世界最大的企业，又有王国庇护，教会似乎慢慢就罢休了。”

特蕾莎似乎觉得无趣，鼻腔里又是一哼。

“依靠新型蒸汽机和代替煤炭的新能源，他们赚了不少啊。墨丘利的炼金术师……我记得是叫费迪南德三世？听说他六十多岁了，看来很会做人嘛。”

“是啊。”艾米利亚点头赞同特蕾莎的嘲讽，“多亏炼金术师顾问，墨丘利获利巨大，因为缴纳了巨额税金，王国还承认特利斯墨吉斯忒斯是实质独立的都市国家。”

“原来如此。从属王国却获准独立自治，手握‘以太之光’和炼金术师，没人能够违抗啊。”

特蕾莎自言自语完，突然地改变了话题。

“对了，艾米利亚小弟，你闯什么祸了？”

“请别叫我‘小弟’。”艾米利亚不掩嫌恶，“闯祸？您突然说什么？”

“这还用问？发配北部那事。”特蕾莎似乎想报禁酒的一箭之仇，一脸得意，愉快地说，“我事前听说过你的简略信息。明明是王立陆军士官学校第一名的毕业生，但不知为什么，刚毕业就被派往边境最前线。如果不是惹恼高层，人事安排不可能这么胡来。更何况，你还是亨利·弗维尔的得意门生，对吧？”

试探的视线让艾米利亚有些畏缩，但此事绝不能退让，他毅然回答：“我没必要告诉您。”

“别那么见外。虽说只有两天，但我们不是旅伴吗？”

“不是您说不想做朋友的吗？”

“我喜欢探究别人想隐藏的秘密。”

“您的性格真是恶劣至极。”

“常有人这么说。”特蕾莎居然自豪地挺起胸膛，“但再恶劣都会得到原谅，毕竟我是‘人类至宝’。”

她不正经地笑笑，祝酒似的举起手中的茶杯，说：“嗯，既然如此，就先让你见识见识我天才头脑的一鳞半爪。你惹恼高层恐怕不是因为你自己，而是袒护其他人的结果。”

艾米利亚被打了个措手不及，倒吸一口凉气。

“看你的反应，我好像猜对了。”特蕾莎面露得意，“接触快一个小时，我算是看出来了，你这人是严肃的化身，瞧你大热天还穿着军装，连领口都不松，这一点也很清楚地印证了我的想法。你从前肯定严守纪律、谨遵命令，愚直地活着。这种人不可能凭一己之力惹恼国军队高层。而你不仅过分严肃，看着还很诚实，可以说品格高尚，不适合军队这种有一堆人争先恐后争名夺利的地方。因此，你肯定是卷入无聊至极的争斗，结果惹人不快了。”

艾米利亚无话可答——不，是不能答。

特蕾莎不负责任、毫无证据地找碴，所说的却是无可奈何的真相。

“这么一来，真相就很让人好奇——但很难推测。看你还没被取缔军人资格，应该也不是什么出格的大事。话虽如此，让你去开垦战略上完全不重要的深山前线据点，处罚似乎又太重，说白了就是软禁。由此可以隐约看出，高层不想把你放在中央，却又强烈希望保住你这颗珍贵的棋子。”

特蕾莎静谧的黑瞳紧盯艾米利亚，仿佛看穿一切的视线让艾米利亚失去了冷静。他虽想背过脸，却有些赌气地迎上锐利的目光。

“原来如此，我懂了。”特蕾莎满意一笑，“直说就是女人，而且恐怕——是间谍吧。”

艾米利亚拼命咽下差点出口的声音，这份微小的努力却也被特蕾莎看穿。只见她微微一笑。

“你对女性抱有恐惧心理，恐怕因为女性关系遭过罪，但你这么严肃，难以想象学生时代会沉迷男欢女爱，因此我猜，那名女性肯定成绩优秀——并且和你争夺第一名。可是，我没听说今年有这么优秀的女性军官入队，那么，她大概没能从军校毕业。为什么？可以想到的原因很多，最合理的假设，则是她作为别国，恐怕是巴力帝国间谍的身份曝光了。虽说战争结束已经有段时间，但邻国巴力依然是我们最大的威胁。于是，和间谍争夺第一名宝座的你，或许也因旁人嫉妒而背上了间谍嫌疑。再者，你还是情报局局长的得意门生。亨利·弗维尔狠辣出色，年纪轻轻就爬到情报局高层的位置，想必树敌众多。所以，也算对他施压——你被发配到了穷乡僻壤，理由是不能让有间谍嫌疑的人待在中央。”

特蕾莎又啜了一口红茶，润完喉，重新看向艾米利亚。

“以上是我基于表象和简单观察做出的推理。虽不一定全中，亦不远矣，对吧？”

仿佛夺耀胜利一般，特蕾莎得意地笑了。

艾米利亚无比厌恶这种把人当路边杂草的态度。他起身离席，俯视着极美的脸上堆满低俗笑容的特蕾莎，说道：“完全是毫不沾边的妄想。认真听您说话，简直浪费我宝贵的时间。我没其他问题了，任务当天的日程，之后会通知您。钱我付，不劳您费心，告辞。”

艾米利亚一口气说完，不等特蕾莎回答就转身背向她，迈开了脚步。

他内心极为烦躁，并且确信了一件事。

果然——他无比讨厌这个炼金术师。

第二章

赫蒙克鲁斯不笑

1

艾米利亚和特蕾莎伴着日出离开王都埃特曼安吉，待抵达水上蒸汽都市特利斯墨吉斯忒斯时，已是午后时分。

旅途漫长，从王都坐六个小时蒸汽快车晃到普拉尔湖，还得在普拉尔湖湖岸换乘行程半个小时的蒸汽船。

坐飞机大概两个小时就能到，但特蕾莎无比讨厌天空，他们只好走陆路。

“说到底，那种金属块在天上飞太狂妄了！人类就该在地上爬！”特蕾莎尖声主张道。

艾米利亚听她的声音似乎在颤抖，擅自判断她大概害怕飞机。

前天分别时的场景恶劣至极，他与深恶痛绝的炼金术师共赴长途旅行，彼此没说几句话。特蕾莎却不以为意，心情极佳，想必只当他是只吵闹的小虫。

特蕾莎下船来到都市与外界唯一的联络口特利斯墨吉斯忒斯港，面露好奇，兴致盎然地打量街景。

特利斯墨吉斯忒斯被高约十米的城墙围绕，是座直径两千米的圆形城市。蒸汽船船长乐呵呵地解释道，这样设计似乎是为了保密和防卫。

一条大道笔直地探出港口，道路前方是一座白墙建筑——墨丘利公司总部高耸入云。楼高恐怕超过亚斯塔禄王城，设计震慑人心、效果出众。

正面所见，一栋细高楼宇耸立于中央，六座矮塔环绕四周。塔侧，数根粗大管道成束垂向地面，管道各处不断喷吐着白色蒸汽。

整座建筑就像个巨大的实验装置。此处确实正是“以太之光”的生产地，如此表述倒也无误。据特蕾莎所言，塔状建筑叫“以太炉”，用于搜集大气中的“以太”并加以浓缩。

这座城市无愧“水上蒸汽都市”之名，虽处处白烟升腾，空气却是王都无法比肩的清新。刚才那位船长自豪地说，这座城市积极利用蒸汽发电，红绿灯等装置也完全依靠电力。连王都都很少使用红绿灯，基本依靠旗语[1]。这里的举措实在了不起。

街景也很美丽，不愧是世界最前端的人造都市。艾米利亚心生钦佩。城市浮在湖面却完全没觉得摇晃，或许是配备了稳定风浪晃动的机器。

“这地方还不错嘛。我想近点看看那座‘以太炉’，快走，艾米利亚小弟，发什么呆！”

特蕾莎闹得像个孩子，坐进正在待命的墨丘利公司蒸汽汽车。艾米利亚无语地跟在后面，乘上汽车。

蒸汽汽车慎重地缓缓开动。

2

经过漫长的上升过程，两人乘坐墨丘利总部的电梯来到六十楼，在相关人员的带领下前往接待室。接待室宽敞舒适，假若蓄满水，空间似乎足够饲养海豚。

---

1 旗语，一种利用手旗或旗帜传递信号的沟通方式。——译者注

透过巨大的窗户，可以看见被弧形外墙包围的特利斯墨吉斯忒斯街景，以及普拉尔湖向四面八方反射阳光的平稳水面。凝目而观，甚至仿佛能够望见遥远的地平线，实乃地上六十层独有的绝景。

接待室里有两位男性在等待。

“两位，远道而来，欢迎欢迎！”

较高的男性夸张地张开双臂迎接他们。他大概四十到四十五岁，柔软的金色短发颇具特色，给人以温和的印象。他面露爽朗的微笑，向特蕾莎伸出手。

“初次见面，在下达斯汀·戴维斯，是墨丘利公司的代表。此次邀请十分唐突，两位不吝光临，实在是我的荣幸。帕拉塞尔苏斯上校，施瓦兹德芬少尉。”

特蕾莎怪异地僵着脸，但还是回应了握手。艾米利亚随后跟上。这时，另一名身穿白大褂的男性低下头。

“我是技术战略研究集团下属的能源技术开发部部长詹姆斯·帕克……请多指教。”

男人说话嘟嘟囔囔，有着独特的停顿方式，松松垮垮的白大褂加上厚重的眼镜，是个典型的技术人员模样。他头发斑白，年龄约在五旬。

艾米利亚端正姿势，道出开场白。

“军务部情报局战略作战部国家安全炼金术对策室室长特蕾莎·帕拉塞尔苏斯上校及艾米利亚·施瓦兹德芬少尉现已抵达，今日还望多多指教。”

“彼此彼此，还望两位手下留情。”戴维斯点点头，语气稳重，毫不惹人生厌。

两人应邀坐下，立刻就有位貌似秘书的女性端来红茶。茶水香醇得难以置信。

艾米利亚不习惯这种状况，紧张地喝起红茶。视野一隅的特蕾莎傲慢如常，跷腿挺胸，架子十足地啜着红茶，不知是应对上层阶级如鱼得水，还是什么都没考虑。

“话说回来，”戴维斯社长坐在对面沙发上，语气夸张地说，“没想到如此年轻貌美的女性会是王国炼金术师……实在惊人。”

他微笑着，一副惯于接待女性的模样。不难想象，这副胸有成竹、人见人爱的表情至今俘虏了多少女性。然而——

“不好意思，能不能拉上窗帘？”特蕾莎不顾对方的谈话内容，“笨蛋和烟好像喜欢高处，但我是天才，讨厌高的地方。”

话说得实在过火，戴维斯和开发部部长帕克都皱起眉头。但社长不愧身经百战，立刻再次露出稳重的笑容，低头致歉。

“失礼了，准备这间接待室是想让两位欣赏本公司引以为傲的风景，但似乎给您造成了不便。万分抱歉。”

帕克慌忙起身，匆匆拉好窗帘回来。戴维斯慰问了他一句“辛苦”，重振精神回到话题。

“那么，我先说说今后的日程。首先要请两位参加今晚六点召开的前夜祭[1]。”

“前夜祭？”艾米利亚重复。

“是。‘第四神秘’公开典礼在明天九点正式召开，今天举行的仪式，是为了充分满足大家对这次值得纪念的典礼的期待。”

1　前夜祭，指节日前夜的庆祝或纪念活动。——译者注

“有必要吗？”特蕾莎的表情不快地扭曲，“专门把我叫来这种乡下地方……你把我宝贵的时间当什么了？”

戴维斯被稀世美女瞪得迷迷糊糊，但仍带着笑回答：“所言甚是。浪费了帕拉塞尔苏斯上校的时间，我真心向您谢罪。不过——这毕竟是世纪大发现，既然成功重现了无人实现的‘第四神秘’……办得夸张些也无可厚非，还望谅解。”

巧舌如簧。艾米利亚佩服地想。除了墨丘利的炼金术师，其余众人都在“第六神秘”原地踏步，对他们而言，重现“第四神秘”意义之重大，远超常人想象。就算多少卖些关子，按理也无须在意。

特蕾莎似乎确实无从反驳，不情不愿地陷入沉默。

“总而言之，今天只是前夜祭，无须两位费心，还请尽情享受活动。佳肴美酒都准备充分，但愿能略解两位漫长旅途中的疲惫。”

特蕾莎还是不太痛快。想必是因为喝不了关键的酒。

“到了明天，敝司顾问炼金术师将出席公开典礼，在各位眼前重现‘第四神秘’。请帕拉塞尔苏斯上校确认这并非弄虚作假，而是真正的炼金术。”

特蕾莎犟着不说话，艾米利亚便替她回了句“明白了，请交给我们”。就算是特蕾莎，也不至于拒绝此行原本的目标——确认“第四神秘”是否成功。

“有件事我想确认。”特蕾莎一脸无趣地开口，“贵司顾问炼金术师费迪南德实现的‘第四神秘’，究竟到了哪一步？”

“哪一步……您是说？”戴维斯莫名其妙，陷入困惑。

特蕾莎很不耐烦，却还是详细解说道：“《翠玉录》铭文分段呈现了‘第六神秘’到‘第零神秘’的炼金术‘七大神秘’，这些概念如同阶梯，人类若想抵达神域，就必须层层递进地攀登。然而，如果更确切地表述，每个阶段的神秘还能分为若干步骤，而根据最新研究……‘第四神秘·灵魂解明’有三个步骤。”

特蕾莎竖起修长的食指。

“第一步，解明之前，首先必须理解‘灵魂’。现在理解的概念很抽象，是‘唯独人类拥有的睿智根源’，但为了解明，必须弄清楚这究竟是怎样的存在。‘灵魂’究竟是什么？是意识，还是记忆？为什么只存在于人类体内？这虽然很基础，但很重要。”

“也就是说，‘灵魂解明’的第一步，必须定义‘灵魂’。”艾米利亚附和，“但是老师，其他动物，比如猫狗，乍看之下也有意识，这跟灵魂不同吗？”

“广义上属于灵魂，但在炼金术里是另一种概念。炼金术所说的灵魂是‘睿智的根源’。各种生物之中，只有人类具有高等思维，而相当于其起源就是灵魂。所以，从动物身上能够观察到的意识，只是生命活动延长线上的现象。”

艾米利亚的提问似乎让特蕾莎心情好了点。她继续道：“第二步的关键是操作灵魂。比如交换两个人类的灵魂，或者将死者的灵魂召唤到现世……我们只能想象可以做到什么程度，但触碰灵魂本身，就是第二步。”

“原来如此。炼金术既然标榜理解万物，就连灵魂也必须自由加工。”戴维斯表情从容地点点头。

“若成功自由操作灵魂，最后一步就是‘灵魂炼成’，仅凭术士一己之力制造灵魂，也可以说是人造人。这关乎活体炼成，若能实现，技术实在非同小可。”

“也就是说，抵达这一境界才算完成‘灵魂解明’。”戴维斯双臂抱胸，频频颔首，“而您想问，墨丘利的研究到了哪一步？”

“没错。”特蕾莎浮夸地点点头。

态度过于狂妄，艾米利亚在旁边看得心惊胆战。

而戴维斯不但不在意，反倒自信十足地回答：“我们的成果——是‘第四神秘·灵魂解明’的完全重现。”

完全重现……即是说，成功实现了“第四神秘”的最终步骤“灵魂炼成”。

“胡说。”特蕾莎讶异地瞪着戴维斯，“不可能。距重现‘第五神秘·以太物质化’仅仅三十年，神之睿智‘七大神秘’怎么可能这么简单就让一个炼金术师独自参透？而且，‘第四神秘’关乎活体炼金术，应该是赛斐拉的王女研究最深。”

赛斐拉的王女——世界最大宗教势力赛斐拉教会总部、宗教国家沙普什的代表缇欧塞贝娅·卢贝多。缇欧塞贝娅作为沙普什的炼金术师而闻名，更因死后能在保留人格与记忆的情况下转世至教会相关人士身边而倍受敬畏。基于持续再利用同一灵魂的性质，世人认为她是当今最接近“第四神秘·灵魂解明”的存在。

“或许终有一日，那位无极转世者能重现所有神之睿智。”戴维斯同情地说，“但在当代——可以说，我们的顾问炼金术师、费迪南德三世的研究更为精深。”

“你似乎很有自信啊。”特蕾莎想镇静情绪，一口气喝干了红茶，“你说不定也中了费迪南德三世的圈套哦。”

挑拨明目张胆，戴维斯却并未上钩，只是意味深长地微笑。帕克代他接过话：“那个，关于这件事，我们其实想让两位帮个忙。”

“帮忙？”艾米利亚困惑地问，“还有什么事？”

“费迪南德博士希望专门跟帕拉塞尔苏斯上校见一面。”

“专门见我？”这次轮到特蕾莎皱着眉发问。

面对她不快的表情，帕克擦着冷汗，努力开口：

“这个，这次公开典礼统统按博士的意愿执行，与王国炼金术师帕拉塞尔苏斯上校的特别会面也是其中一环……”

“等等，真是莫名其妙。费迪南德三世找我能有什么事？我们见都没见过，炼金术师也不至于低俗到要炫耀研究成果吧。”

“具体情况并不清楚……但我们无法违抗博士……”帕克歉疚地低下头。

某种意义而言，墨丘利公司倚靠顾问炼金术师而生，对方的话恐怕不容置喙。

特蕾莎将视线投向戴维斯，但他同样摇了摇头。内情恐怕无人知晓。特蕾莎或许判断出在此纠缠也并无用处，叹了口气，极不耐烦地说：“行吧，虽然很不爽，但我陪陪你们。反正我本来就想抱怨他一两句。我喜欢尽快搞定讨厌的事，现在就走。”

特蕾莎话音刚落就站起来，艾米利亚等人随后起身。

场面一度略显尴尬，但对话似乎以双方都接受的形式结束了。戴维斯显然松了口气，露出爽朗的微笑。

“非常抱歉，但我还有工作，就先告辞了。后续流程由帕克接手，两位有事尽管吩咐。请尽情享受这次活动。”

3

场景自视野开阔的上层接待室陡然一转，电梯在舒缓的漂浮感中不断下降，艾米利亚与特蕾莎抵达了地下一层。这层楼完全不见先前所到之处见到的那样多得过剩的窗户，压迫感与闭塞感极强。艾米利亚暗自瑟缩，特蕾莎则变化鲜明，心情好了点。

“哦，这儿不错啊，宽敞的地方果然静不下心，如果可能，我想在这种地窖里过一辈子。”

“请您别说地鼠一样的话。”

两人在帕克部长的带领下穿过狭窄的过道。晦暗的过道上只有聊胜于无的亮光在飘动，连几米开外的地方都看不清。就算是地下，这也未免太暗了。

“哪怕在开发部内部，这片特殊楼层也是绝密中的绝密，只有得到许可的人才能进入。”帕克自言自语似的嘟囔，“普通开发部在上面有几层楼，这里是费迪南德博士专用的研究层。”

“整个地下一层吗？”艾米利亚问。

“是的。准备好能充分满足博士的研究设施之后，这里就变成这样了。博士的研究是绝密，这在安全层面也合乎情理。”

一扇黑门挡在三人面前。这是一扇边长两米左右的牢固金属门，下电梯后直走，约二十米就到了门前。

帕克右手按住门旁安装的装置，尖锐的电子音随即响起，紧闭的门喷出白色蒸汽，慢慢打开。

“哦，厉害，高科技。”特蕾莎像小孩一样双眼发光。

门后是个边长五米左右的正方形小屋，亮得与刚才的晦暗走廊截然不同，但也只是亮，死气沉沉的感觉在某种意义上更强烈。墙壁、地板、天花板都是白色，空无一物，房间深处却有两名身穿蓝色保安服的强壮男性相隔两米并排而立，光景略显异样。

帕克一言不发地走进室内。特蕾莎毫无惧色地跟上，艾米利亚也紧随其后。

房间深处还有扇门，由于表面被涂成了白色，因此难以察觉。保安身后装有跟刚才一样的装置，帕克走上前去，再次按下右手。门同样喷着蒸汽缓缓打开，露出一条长约五米的狭窄走廊。明亮的红光照遍走廊，警戒色亮得刺眼，艾米利亚皱起眉头。

“原来如此，是‘贤者之石’的安保。信仰虔诚，像老年人会做的事。”特蕾莎自言自语。

“贤者之石？”艾米利亚问。

“什么，你不知道？据说，要实现炼金术夙愿之一‘第三神秘·贤者之石’，最初完成的是黑石，其次是白石，最后是红石。工作室外的安保正体现了这个工序。”特蕾莎淡淡地解释。

就在艾米利亚敬佩她“果然好歹是个炼金术师啊”时，帕克开口道：“再往前就是费迪南德博士的工作室。我就此告辞。我会安排带路的人在会面结束时等待两位，请放心。”

“您不一起去吗？”艾米利亚问。

“嗯。博士下了严令，除王国炼金术师和同行者，任何人不得进入工作室。”

帕克怯懦地回答。博士恐怕经常如此任意妄为。

“明白了，谢谢您带我们来这里。”

身旁的炼金术师把礼节和常识不知丢到了何处，艾米利亚替她道了谢。帕克疲惫地微微一笑，走回白色房间。门关上之后，他们走过红色走廊，来到红门跟前。沉重的金属门看来比此前两扇更坚固，若要物理破坏，就算用军中最新兵器，恐怕也得大费周章。值得如此费事的贵重存在——就在门后。

第二个炼金术师……如果是他……我能好好应对吗?

不安席卷而来。艾米利亚努力平息变快的心跳，旁若无人的炼金术师却丝毫不显紧张，一如往常，不满地嚷嚷:“什么啊，那个四眼真没用……至少说完怎么开门再走啊……是这块面板吗？喂！赶紧开门！”

特蕾莎毫不客气地猛敲面板。艾米利亚怕她会砸坏东西，担心得忘记了自己的紧张。这时，头顶传来一个声音。

“马上开，稍等。”

是个老年男性的声音。恐怕正是费迪南德三世本人。

紧张感越发强烈。红门喷着蒸汽旋转打开——

4

门后，房间深处的圆顶首先吸引眼球。

视线齐平处设有观察用的高约两米的砖造小窗，内部火焰熊熊，十分耀眼。自圆顶上方伸向天花板的管道直径约十厘米，大概是排气管道。这应该是特蕾莎实验室里也有的熔解金属用的反射炉，但艾米利亚第一次看到如此巨大的设备。如此规模，温度应该能升到一千五百摄氏度左右，连铁都能轻松熔化。

巨大的反射炉前站着两个人类。一个是高挑的男性，一个是小巧的女性。

“欢迎来到我的工作室。真心欢迎你远道而来，王国的炼金术师。”

高挑的黑发男性像做戏一般，夸张地张开双臂迎接他们。他就是墨丘利公司的顾问炼金术师费迪南德三世？此情此景，确实不作他想。

然而——艾米利亚怀疑起自己的眼睛。

老炼金术师应该年过六十，但不管怎么看都还不到三十，头发乌黑，脸上毫无皱纹，细长的双眸蕴含着锐利的理智之光，只有略显沙哑的声音如年龄一般老练。

不可思议的失衡。

还有另一人。面无表情陪在男性身旁的小巧女性,她个子不高，比艾米利亚还矮一个头，身穿黑色古典侍女服（即女仆装），柔软乌黑的短发上装饰着白色的喀秋莎[1]，人偶般端正的容貌极为美丽，面无表情站立不动的身姿却略显诡异。

“你装嫩也装得太过分了吧？墨丘利的炼金术师。”特蕾莎美丽的容貌扭曲，呼了口气，“给人设套看人反应，我觉得这爱好有些低级。”

“毕竟我深居地窖已久，实在眷念来客，还请谅解。”男性不改从容，翘起嘴角。

“抱歉，我还是想确认一下。”艾米利亚压制不住颤抖的声音，“您就是……墨丘利公司的顾问炼金术师，费迪南德三世博士？”

“没错。”健壮的美男子——费迪南德三世浮夸地点点头，“我正是费迪南德三世。”

1　女仆装的头饰，是女仆的重要标志之一。——编者注

话虽如此，眼前男子太过年轻，实在不像活了半个多世纪的老人。

费迪南德三世缓缓走近，在艾米利亚面前站定，温柔地抚摸他的头，简直把他当成了小孩。他两手戴着白布手套，上面绣着复杂的纹样。

“好像混入了一名凡夫俗子啊。”费迪南德三世仿佛看透了艾米利亚的想法，朗声说，“王国的炼金术师倒似乎马上就明白了……罢了，无须在意。凡人的想象力如同羽毛被拔光的鸟，就算被迫飞行，也只会笨拙地扑腾简陋的翅膀。既然丑陋至极，还不如一开始就放弃无谓的挣扎，老老实实休息大脑。”

艾米利亚知道这是兜了个大圈子嘲弄自己愚蠢，但事实如此，他只能沉默。

“我实现了‘第四神秘·灵魂解明’，理解衰老本质上源于灵魂劣化。灵魂与肉体乃是一体两面，修复灵魂，肉体也能得到修复。我用自己的身体证明了这一事实——在距今大约一年前。”

“不可能……”艾米利亚下意识地强硬否定，“这约等于实现了不老不死。”

“一介凡人，理解得倒挺快。”墨丘利的炼金术师愉快一笑，背对艾米利亚走开，“但这是事实，我已触及神域。”

“虽说有些失礼，但我无法相信如此诡辩。”艾米利亚稳住声音，对着费迪南德的背影说，“相比之下，说您不是费迪南德博士而是其他人，反倒符合常识一些。”

此前沉默观看的特蕾莎嘻嘻失笑。

“凡人赢了你一局啊，墨丘利的炼金术师。你要想坚持诡辩，就只能证明自己是真正的炼金术师了吧？”

“阁下，您玩笑开过头了。”

旁边一直沉默的女性突然开口，不带任何感情的声音平静得可怕。她端正的长相也好，匮乏的表情也罢，通通像极了人偶。

“不能浪费客人宝贵的时间，依我愚见，应该尽快按照必要程序进入正题。”

“确实如此，原谅我吧，爱娜温，我太渴望娱乐了。”

男人痛快赞成女性的发言，再次面向艾米利亚与特蕾莎。

“好了，两位，你们似乎怀疑我并非真正的费迪南德三世，这无可厚非。因此，我将为你们愚直的疑问展示答案。”

女仆装女性悄无声息地迈开脚步，轻松举起房间角落高约五十厘米的铜像，搬到费迪南德三世跟前。她纤细小巧，力气却相当大。铜像恐怕有二十千克。

仔细一看，铜像似乎是“神之子”赫尔墨斯·特利斯墨吉斯忒斯的肖像。炼金术师的实验室有这个也不足为怪，但对方接下来究竟有何打算？

两人静观其变。费迪南德三世慢条斯理地微微晃动伸向虚空的双手，似乎要在空中画出什么。

“这不可能！”特蕾莎突然大叫。

她的右眼不知何时染成绯色，大概是在用眼睛追随流动的“以太”。换言之，这意味着某种干涉“以太”的行为正在发生。

费迪南德三世停止双手动作，最后用右手打了个响指。因为他戴着手套，当然没发出任何声音。

然而，现实出现了更加明显的变化。

自脚部往上，他右手前方的铜像闪闪发光，逐渐变为金色。这是炼金术特有的发光现象，此光名为“伟业[1]辐射光”。

不到数秒，铜像从头到脚都散发出金色光芒。

“黄金炼成……”特蕾莎失魂落魄地嘟囔。

既然同为炼金术师、能看见“以太”的她承认了，那事实恐怕确实如此。

这是只有炼金术师可以实现的、变贱金属为贵金属的神之伟业——“第六神秘·元素变换”。

这也是凡人之躯的嬗变术师绝无可能获得的“神之睿智”。

不论如何，不得不承认。

眼前的男人——费迪南德三世是货真价实的炼金术师。

结束后，他缓缓摘下左手手套。只见手背上刻有炼金术师的证明——“*”形的“神印”。

“两位理解了吗？本人成就的真正含义。”

正值盛年的美男子微微一笑，像个恶作剧成功的孩子。

5

艾米利亚再次环视室内。

由于特蕾莎的实验室乱得异常，让他产生了炼金术师研究室都杂乱不堪的先入观念，然而，这间屋子意外整洁。

看似实验器材的大小玻璃器具井然有序地摆在几张实验台上，大量书本整整齐齐地收在书架里，物品虽多，却全无杂乱之感，地上也没有堆得

1　“伟业”一词源于拉丁语“Magnum opus”，包含了麦格努斯的名字。——译者注

无处落脚的东西。室内没有窗户，但在灯光照耀下足够明亮。靠墙摆放的床收拾得很整齐。

女仆装女性再次轻松举起黄金雕像，搬到床对面。这里是一小片工作空间，摆着大型工作器械。角落里有个蒙着布、高约一米的纵长物体。

“退一百步讲，我姑且承认你部分重现了‘第四神秘·灵魂解明’。”

王国炼金术师特蕾莎·帕拉塞尔苏斯瞪着费迪南德三世，双臂抱胸。

“但你刚才主张，你通过修复灵魂修复了肉体，恢复了青春。说实话，我不信。就算这是事实，你也只是加工了现存的灵魂吧？”特蕾莎尖锐指出。

艾米利亚因此自省，训斥差点全盘接受的自己。

他是炼金术师，用炼金术恢复青春，并不等于完全重现了“第四神秘”。如特蕾莎所言，修复灵魂属于“第四神秘·灵魂解明”三个步骤中第二步“灵魂操作”的范畴。换言之，倘若真正完全重现了“第四神秘”，作为证明，就必须让他展示第三步“灵魂炼成”的成果。

“唔。王国的炼金术师，是叫帕拉塞尔苏斯对吗？你所言甚是。”费迪南德三世脸上从容不迫，边戴手套边说，“用凡人那些‘天才’‘奇迹’的无聊说辞概括我常年的研究也颇为无趣，只有与我比肩之人的至高赞赏，才配得上我的荣誉。”

“没想到你这么庸俗，这也配叫天才？”特蕾莎嗤之以鼻。

“人越年轻，越能真切感受孤独的价值，年龄一大，就会渐渐厌烦孤独，帕拉塞尔苏斯。”费迪南德三世眸含忧愁，缅怀着过往。

这番无心之举，让艾米利亚想起了从前看过的话剧里登场的可怜老人。那是位骤然衰老、身患不治之症的孤独老人……他觉得，那位老人的眼神也是如此。此刻，艾米利亚终于理解，这个年轻的美男子其实是个年过六旬的老人。难以置信，却不得不信。

“不过，我现在无法回应你的要求，”费迪南德三世居然驳斥了特蕾莎的指责，“我不是想卖关子……但完全重现‘第四神秘’需要少许准备。明天公开典礼上在众人面前展示的准备早已完成，但现在不行。抱歉，请你等到明天。”

“诈骗师特有的借口啊。看你这样，好像也没法期待明天的正式表演。”

“浅薄的挑衅！虽有气势，却因年轻而欠缺深度。如此雕虫小技，可没法让我上钩哟。”

身处守方的费迪南德三世落落大方，发起进攻的特蕾莎却不见平日里的从容。就算同为天才炼金术师，面对经验数倍于己的费迪南德三世，饶是特蕾莎也落于下风。

一时之间，两人无言地交换视线。艾米利亚心惊胆战地窥探状况。

突然，名唤爱娜温的女性打破沉默。

“阁下，即便不能当场展示‘灵魂解明’，您也另有方法证明自己实现了‘灵魂解明’，应该尽快向帕拉塞尔苏斯上校展示，再浪费时间，会给上校添麻烦的。”

听到她淡然的话语，费迪南德三世夸张地耸耸肩。

“毫不留情啊，说的倒是真理。我为自己的无礼道歉，王国的炼金术师。我请你来，并不是为了轻蔑你，而是有样东西，想让除我之外的炼金术师第一个观看。”

费迪南德三世叫来候在一边的爱娜温，让她站在自己身前。艾米利亚无法想象即将会发生什么，只能静观其变。

费迪南德三世从爱娜温身后轻轻拍了拍她的肩。

以此为信号，爱娜温脱下身上的纯白围裙。

艾米利亚吓得浑身僵硬。

“等、等等，小姑娘，你干什么！”

特蕾莎同样慌忙阻拦，爱娜温却不理不睬，将脱下的围裙交给费迪南德三世。只剩漆黑连衣长裙装束，她解开后领挂钩，流畅地拉下后背的拉链。

重力作用下，她身上的连衣裙如蜕掉的皮一般掉落地面——肢体暴露在艾米利亚与特蕾莎眼前。

艾米利亚正想移开目光，下一瞬间，视线却没再也无法从裸体的爱娜温身上移开。

“不可能……怎么会……难以置信……”特蕾莎在一旁失魂落魄地嘟囔。

没错，艾米利亚也这么想。毕竟，他自己的大脑也无法正确认知映入眼帘之物的实质。

爱娜温在他们眼前露出裸体，面无表情地站立不动。她给人的第一印象宛若人偶，而他们现在得知，这是无争的事实。

女性脖颈以下——本该是柔软肌肤的地方覆满赤裸裸的金属，铆钉嵌合的无数金属板裹住矮小的身躯，处处可见的齿轮正在缓缓转动。最关键的是，本该有心脏鼓动的左胸，正如炉灶般散发出蓝光。

毋庸置疑，这不是人类的身体。

费迪南德三世会心一笑，朗声宣告：“这是我常年研究的结晶，也是我最棒的杰作，世上唯一实现‘灵魂炼成’的赫蒙克鲁斯，名为‘爱娜温’。”

赫蒙克鲁斯——《翠玉录》中记叙的“神之睿智”之一，人工制造的非人般存在。

从来只是传说的事物突然现身眼前，艾米利亚难以接受现实。

特蕾莎走近一丝不挂的爱娜温，双手轻触她造型小巧的脸。

“眼睛深处有光圈，是精密的光学传感器？皮肤也很光滑，不靠近看不出来……质感跟人类的不一样。头发有温度，是在利用头发表面进行局部散热啊。胸口有‘以太之光’，应该是蒸汽动力……仔细一看，身体到处都藏着排气口，是要定期排放全身压力过高的蒸汽和温度吗……”

特蕾莎毫不客气地抚摸女性身体，低声自言自语。摸够之后，她为她穿上掉落在地面的连衣裙。虽是机械之躯，女性赤身裸体总归不好。

“抱歉对你如此粗鲁，可爱的小姐。”特蕾莎牵过爱娜温的手，在手背一吻，站起身来，“了不起。我心悦诚服，费迪南德三世。”

“承蒙褒扬，倍感荣幸。”费迪南德三世傲慢地颔首。

“这女孩不是机械人偶，而是自己思考行动的？”

“她凭借炼成的灵魂自行思考行动。遗憾的是，‘容器’尚不完善，没达到人类同等水准。”

“不过，这不是《翠玉录》所说的寻常的赫蒙克鲁斯啊。”

“以我……不，至少以现代技术水平，无法制造完整的人工生命体赫蒙克鲁斯。爱娜温全身由机械零件组成，算是炼金术与科学融合的融合赫蒙克鲁斯。”

“大脑呢？用什么代替活体器官？”

“我加工水晶，制造了可以实现光子复杂漫反射的零件。通过并联一万个零件，还实现了混沌的思考。只看演算能力，可以和我的头脑相匹敌。”

“嗯……了不起。”

特蕾莎又说一遍，仿佛自顾自地接纳了什么，就此陷入沉默。艾米利亚一窍不通，几乎被晾在一旁，只能理解他们之间的对话属于超越者，像看天界幻想一样看着两位炼金术师。

费迪南德三世慎重地为爱娜温穿上围裙。

“我叫你来的理由……就是爱娜温。在不三不四的凡夫俗子之前，我想先让其他炼金术师看看她。这个国家，只有你能完全理解我实现的奇迹有何意义。”

“唉，是啊。”特蕾莎苦笑，“说实话，我本想臭骂一顿叫我来这种乡下地方的混蛋……看见她之后，我完全没了这种念头，甚至觉得幸好来了。多谢。”

艾米利亚第一次看见特蕾莎如此坦言心绪，大为震惊。

“该道谢的是我，王国的炼金术师。”费迪南德三世笑道，“感谢你远道而来，感谢你理解我的伟业。果然，不管成就多大，但凡无人理解都很寂寞。”

“无人理解会寂寞……我难以体会这种情绪，但很高兴能帮上你的忙。”

特蕾莎露出亲切柔和的微笑，随即转向艾米利亚。

“你想愣到什么时候？事办完了，赶紧走。”

“欸、啊……这就行了？”艾米利亚跟不上事情飞快的进展，提问确认。

“什么行不行的，已经没事可做了。”特蕾莎嫌弃地说，“我的工作是鉴赏爱娜温，既然鉴赏完毕，就该赶快回他们准备的房间休息。路太远，我累了。好，走。”

她略带强迫地抓住艾米利亚的手，迈开脚步。

艾米利亚走得踉踉跄跄。后脑勺的头发仿佛被人拽住，他回头看去。

女性正在面无表情地目送他们。不知为何，她的眼眸让他久久难忘。

第三章

贤者之石的密室

1

宽广的大厅内，约五十名男女正在温和地谈笑。

他们个个举止优雅，装扮华美而恰到好处，大概是一群上流阶级人物。

艾米利亚与特蕾莎单手端着装满无酒精葡萄汁的玻璃杯，无所适从地靠墙呆立。恐怕是因为特蕾莎一直不悦地板着脸，他们并无交谈，气氛沉重。这一会儿工夫，好几位参加者过来打招呼，却都被特蕾莎散发的凶恶气息吓得一言不发地快步离去。不善至极的态度破坏了派对整体氛围，当事人却满不在乎，而作为随从兼密探的艾米利亚正在沉默地观察情况。

特蕾莎始终不快的原因很简单，说白了就是不能喝酒。其他客人单手举杯谈笑，只有自己不能品尝最爱的美酒，想必她压力很大。艾米利亚自己喝的也是无酒精饮料，希望这样能够缓和她的情绪。但这完全没有效果，她情绪一味在恶化。归根结底，让她禁酒的就是艾米利亚，这也无可奈何。

艾米利亚喝了口果汁，振作精神，望向整个大厅。

今天这场前夜祭的主角是费迪南德三世。凭借年轻英俊的外表、不断涌出超人头脑的精妙对话、偶尔展现的简单炼金术，他似乎迷住了男女老少所有来宾。看来，不同于特蕾莎，他精心准备了用于交流的人格。或许是人生经验之差使然，费迪南德三世果然更胜一筹。

相对地，始终陪在费迪南德三世身后的爱娜温面无表情，遭到了人们的厌恶。艾米利亚看在眼里，略感痛心。爱娜温的赫蒙克鲁斯身份似乎尚未公开。她浑身裹着女仆装，仅露出的脸和手无限接近人类，若非认真端详，看不出不是人类。

厅内零落摆放的桌上摆着来自世界各地、供来客品尝的菜肴，艾米利亚随手挑了几样，道道都很美味。他平常在物资匮乏的深山里过着拮据的生活，仅仅美食就让他十分享受前夜祭。

机会难得，再多吃点别的吧——这个念头刚出现，就有两名男性走了过来。一个是社长达斯汀·戴维斯，另一个是陌生面孔。

“上校，少尉，找得我好苦啊，没想到两位在这种地方。”

“戴维斯社长。”艾米利亚慌忙离墙站直，“失礼了。我不太习惯这种社交场合……您有何贵干？”

“不，没什么大事……”戴维斯伸手示意身旁健壮的男性，“这是安保部部长华莱士，费迪南德博士工作室的安保负责人。”

“我是艾扎克·华莱士！很荣幸见到两位，帕拉塞尔苏斯上校，施瓦兹德芬少尉！”

浅黑皮肤的健壮男性人如其貌，动作豪爽地伸出右手。特蕾莎瞥了他一眼，视若无睹。艾米利亚赶紧代她回应。

“我是艾米利亚·施瓦兹德芬少尉，今天要辛苦您了。”

“啊……多指教！”

华莱士面露困惑，转而握住艾米利亚的手，力度与庞大身躯相称，孔武有力。他貌似五十多岁，但或许更年轻。

“派对非常棒，菜肴也很美味，我和上校都很享受。”

罔顾以不快气场威吓周围的特蕾莎，艾米利亚带着柔和的微笑向两人致谢。戴维斯似乎松了口气，也露出微笑。

“承蒙夸奖，这是我的荣幸。两位无须拘谨，请好好放松。”

用场面话打发完他们，两个男人离开了。

“我说，您身为王国代表，态度能别这么丢人吗？”艾米利亚实在看不下去，语出不满。

特蕾莎孩子似的瘪嘴反驳：“要我说，你那八面玲珑的态度才丢人。也罢，凡夫俗子好好相处吧，我一个人也能活。”

“问题不在这里……”

前日风波之后便强行封在心底的本能厌恶再次涌现。就算明白自己只是个密探，艾米利亚仍不禁为这个炼金术师过分妄为的举止而气恼。

艾米利亚同样不擅与他人交流，但他认为，既然身为社会一员，就该适度忍耐，完成这项工作。这些渺小个人的细致想法，将成为社会集团顺利运转的润滑油。

正因如此，他才无法原谅这个一贯个人主义、把其他人当路边石子的傲慢炼金术师。

他再次意识到，自己果然无比讨厌她。

这样下去说不定会发生口角，他赶紧闭上嘴。

这时，会场突然变暗，大厅前方高约一米的舞台被照亮。舞台中央，墨丘利的炼金术师——费迪南德三世独自站立着。

好像有什么要开始了。厅内响起掌声。艾米利亚将杯子放到附近桌上，也鼓起了掌。

台上的炼金术师开始说话，声音沙哑却有力。

“炼金术的历史，就是人的历史。”

似乎在为公开典礼造势。一旁，特蕾莎轻蔑地一哼鼻子。

“他可真能毫不知耻地巴结愚弄大众。再怎么厉害的天才，上了年纪也会变蠢啊。”

她嫌弃地说完，转身背对艾米利亚迈开脚步。

“等等，老师，您去哪儿？”

“回去睡觉。谁有空看这种闹剧啊，我的脑细胞忙着思索炼金术。”

她自顾自地说完，头也不回地走出大厅。艾米利亚气她任性至极，但继续共处说不定真会吵起来，这样说不定也好。

特蕾莎离开后，他确实轻松了些。费迪南德三世的演讲还在继续，但讲的只是炼金术和嬗变术的历史，艾米利亚多少懂得这些知识，不必认真倾听。机会难得，他正想趁这段空闲时间多搜罗点美食，又有个意料外的人物现身眼前。

“艾米利亚少尉，晚上好。”

来人是科学与炼金术融合的赫蒙克鲁斯——爱娜温。她优雅地拎起长裙裙角，行了个屈膝礼。即使近看，也看不出她不是人类。

爱娜温将人偶般的脸朝向艾米利亚。虽然知道她不是人类，不习惯女性的艾米利亚仍然略感紧张。她刚才还跟在费迪南德三世身边，但主人如今正在演讲，她可能无所事事。

“您好像没怎么用餐，是不合口味吗？”

“啊，不……只是错过时机了。我正打算大吃一顿呢。对我这种庶民来说，这些全是美味佳肴。”

“是吗，那我就安心了。”爱娜温淡淡地说，完全看不出安心的情绪，“机会难得，我陪您聊聊。人不可貌相，我还挺健谈的。”

“您不用听费迪南德博士演讲吗？”

“那也没重要到需要专门认真听。”炼金术师的侍从断言，“有点过头了。这种闹剧，我看着都害羞。”

“您有感情？”超乎意料，艾米利亚有些惊讶。

“当然。”爱娜温仰视着艾米利亚，视线如冰，“感情乃是源于灵魂思考的涟漪，我同样能够理解世间普遍称为‘爱情’的感情。不过，我的爱情并非男女之情，而是对创造出我的阁下的感情——近似所谓亲情。我没有安装表情肌，所以无法表达，但如果一定要分类，我属于情感丰富的那种人。”

“是我失礼了。”艾米利亚道歉道。

但他觉得，这名女性的精神足够坚韧，就算拥有表情肌，也不会为任何事动摇。

不过，他明白爱娜温的意思。费迪南德三世现在确实演讲得热情洋溢，听众与之呼应，同样群情激昂。他明白这是在发挥墨丘利公司如广告塔一般的作用，却也觉得没必要煽动无知大众，因此略感遗憾。

机会难得，他振作精神，向这名赫蒙克鲁斯女性打听起种种情况。

“问这个可能有些失礼……爱娜温小姐，您像人类一样思考，又跟人类一样有感情，这些都源于‘灵魂’吗？”

“是的。‘灵魂’将人格，也即思考和记忆投影到大脑，刻在脑中的思考和记忆又会以情报形式反馈给‘灵魂’。换句话说，‘灵魂’等价于人格，也等价于个人才能。炼金术与嬗变术才能与生俱来，无法后天获得，正是因为它们都是‘灵魂’规定的信息。”

听着听着，疑问浮现。

"'第四神秘'第二步'灵魂操作'不能附加这些才能吗？"

"能……但没什么意义。"

"为什么？"

"阁下白天也说过，'灵魂'与'肉体'表里一体、互不可分。'灵魂'信息反馈给'肉体'，'肉体'信息反馈给'灵魂'，若给'灵魂'附加多余信息，'肉体'就会不堪重负，成为废人。'灵魂'就是这么纤弱。驱使'灵魂操作'，可以交换您和特蕾莎上校的'灵魂'，届时，上校的'灵魂'可以用您的'肉体'使用炼金术，但'肉体'当然无法承受如此重担，它立刻就会作废。"

"那反过来，进入上校的'肉体'，我的'灵魂'会怎么样？"

"应该也会出现排异反应，变成废人。因此，进入特蕾莎上校撩人肉体行无耻之事的下流想法，还是停留在妄想为好。"

这种妄想绝不存在。

"总之，"爱娜温总结，"交换'灵魂'只是纸上空谈，没有实施的意义。若有不带任何信息的'肉体'倒另当别论，但并没有这么方便的东西。'灵魂操作'只是操作，顶多稍微修复'灵魂'的裂缝、让'肉体'返老还童，或者抹杀'灵魂'。说到底，'第四神秘'的本质只是'解明灵魂'，并非追求结果。"

恰在此时，费迪南德三世演讲结束，掌声雷动。爱娜温看向舞台，似乎很是在意。聊天时间要结束了。最后，艾米利亚提出了一个无比好奇的疑问。

"之前见面时，费迪南德博士曾说，叫上校来，是想得到她的理解……这是真的吗？”

“我不明白您提问的意图。”

“怎么说呢，总觉得那不像天才会做的事。天才应该不会追求他人的理解和评价……实际上，上校就是个根本不把别人放在眼里、符合天才之名的傲慢之人。因此，我觉得费迪南德博士的话不太自然。”

爱娜温目不转睛地盯着艾米利亚，似乎在为猝不及防的问题感到惊讶。然而，她很快闭上眼又睁开，重新看向艾米利亚，说：“听阁下说，上了年纪就会寂寞，尤其是他那样的天才……一直无人理解。因此，能得到帕拉塞尔苏斯上校这个独一无二的知音，他很高兴。当时在工作室说的那些话……无疑是费迪南德三世阁下的肺腑之言。”

2

艾米利亚身穿军装躺进墨丘利公司备好的床铺，呆呆地看着白色天花板。

发热的头脑逐渐冷却。思绪因积攒一天的疲劳和尽享美食的饱腹感而朦胧，头脑深处却古怪地清醒着，感觉十分奇妙。

今天发生的事太多了。坐了很多交通工具，见了很多人。春天从军以来，他并无机会在任务中接触非军人、社会地位崇高的长者，因此有些疲惫。

并且与第二位炼金术师费迪南德三世的会面，可谓压力十足。那般姿容，那般才能，更重要的是，那种精神甚至让艾米利亚心生感动。

至此，他的任务结束了一半。明天再照顾特蕾莎一天，就能在亨利·弗维尔麾下工作了。到时，早晚能再次参加如今这种和炼金术师相关的任务。

总有一天，能见到那个男人——

艾米利亚慌忙打消离题的想法。现在不该想太多没用的。

明天还要早起，他虽想直接睡觉，却又在意特蕾莎的情况。回房之前，他敲了敲隔壁特蕾莎的门，但没得到任何回应。毕竟晚上十点多了，如果打扰她睡觉就不好了，还是不要过多干涉。而且说实话，他不想见她。

想着想着，昏昏欲睡之时，他似乎听见有人敲门。半梦半醒地看了看时间，已经过了零点。

又一阵敲门声，比上一次略强。艾米利亚揉着沉重的眼睑，起身走向门口。

一开门，只见开发部部长帕克和安保部部长华莱士站在走廊上。阴森的帕克和运动型的华莱士，意外的组合。他们都一脸严肃。

“出什么事了吗？”艾米利亚问，声音因刚睡醒而沙哑。

“抱歉打扰您休息，施瓦兹德芬少尉。”帕克闷声说着，低下头，“其实，有件事想跟您商量。”

“商量？”

“费迪南德博士的工作室似乎出事了。”

帕克似乎真心感到抱歉，镜片深处的眼珠游移不定。华莱士靠近艾米利亚，替他开口：“我来解释。您应该知道，博士工作室安保森严，这既是为了保护他免遭外敌袭击，也是为了防止他在工作室出事时轻易逃脱。”

“是……这样啊。”艾米利亚感到莫名其妙，模棱两可地附和。

“以防万一，工作室安装了通知外部的紧急警报。警报现在响了。我们想确认情况，却联系不上工作室里的博士。”

“这不妙吧？”艾米利亚察觉到事态严峻，骤然清醒，“里面是不是发生事故了？得赶紧去救人。”

“的确，但事情没那么简单。”

“这话怎么说？”

帕克替滔滔不绝的华莱士回答：“三十年来，这是紧急警报第一次响。”他心虚地说，“博士是超人，是天才，这我们再清楚不过。连他都解决不了的问题……最坏的情况，可能是炼金术失控。”

艾米利亚料及问题严重，沉默不语。炼金术是以人类智慧重现神明睿智的技术，是人类之躯难以负担的强大力量，用法有误就会失控，最坏的情况是，这颗行星也可能因此毁灭。

“所以我们想问少尉……”帕克终于进入正题，但似乎有口难言，“我们现在要去工作室，希望帕拉塞尔苏斯上校务必一同前往。”

“啊，原来如此。”话到此处，艾米利亚终于清楚了他们的来意。

万一炼金术在工作室内失控，眼下只有炼金术师特蕾莎能阻止。墨丘利公司强行邀她前来，不便开口请她帮忙，何况她本就难以相处，只好让艾米利亚设法劝说。虽说有些迂回，考虑到目前状况，也是不得已而为之。

“明白了，快走吧。”

艾米利亚穿着军装没换睡衣，因此抓过衣架上的外套就冲进走廊。特蕾莎的房间就在旁边。他扑到门上，用力敲击。

“老师！我是艾米利亚！紧急事态，醒醒！”

帕克和华莱士担忧地观察状况。艾米利亚顾不了那么多了，继续敲门。

“够了，吵死了！”房门忽然打开，露出特蕾莎不悦的脸。她居然没穿睡衣，还穿着军装。“大半夜闯到淑女房里想干吗？！敢夜袭我就烧了你！”

她明显在生气，但现在没空管这些。艾米利亚快速说明情况，聪慧的特蕾莎似乎立刻明白事态严峻，不耐烦地皱眉道：“他人已经发动的术式不容介入，我去了也没用。首先，你们闹成这样，事情肯定不小吧？既然如此，就别在这儿浪费时间，赶紧去救人。”

“怎样都行，一起去吧。就算没失控，您这个炼金术师也一个顶百。而且，爱娜温小姐说不定也出事了，那个美女遇到危险，您能袖手旁观吗？”

“够了！你还是这么多嘴！”

特蕾莎跑过走廊，艾米利亚慌忙跟上。他似乎有些明白如何对付这个棘手的炼金术师了。

一行人乘电梯来到地下一层。楼层和白天来时一样寂静，气氛却异常古怪。

他们跑过密不透风的走廊，来到黑门前。华莱士掌心压向门边装置，门喷着高压蒸汽打开。

下一瞬间，震耳欲聋的警报声响起，他们不禁捂住耳朵。

癫狂的红白闪光闯入视野。灯光似乎与警报联动，正在闪红光。

“吵死了！快关掉！”特蕾莎满脸不爽，捂着耳朵大喊。

“这是紧急警报！”安保部部长用她能听见的巨大音量回答，“除非打开工作室的门看过里面情况，否则声音和光都不会停！”

众人不堪忍受这番异样的“欢迎”仪式，跑到白门跟前。守门的两名保安一脸痛苦地捂着耳朵站在此处。他们不是白天那两个人。

“这里也没开？”艾米利亚大声问。

“还不行！”华莱士大叫，“帕克部长指示绝不能开！”

“管他那么多，赶紧开！”特蕾莎痛苦地喊，“待在这种地方会疯的！”

在场全员意见一致。白门立刻在帕克的指示下打开，门后通往红门的走廊同样警报轰响、红光闪烁。帕克冲出去，扑向红门旁的面板。

“博士！我是帕克！请回话！”他拼命呼唤，却听不见回应。

“白天来的时候是博士从里面开的，外面开不了吗？”艾米利亚问。暴力一般的视觉刺激和听觉刺激让他头痛。

“这扇红门守备特别森严，没有博士许可，基本开不了。”帕克一边拼命操作面板，一边回答，“所以，现在只能采取紧急措施。”

“紧急措施？”

“管理员权限下执行的隐藏指令，能从外面强行打开平时只能从里面开的红门。要实施紧急措施，必须有两名以上干部级别的权限。”

“干部级别……也就是您和华莱士部长。”艾米利亚立刻察觉状况，推测道。

“好，紧急措施准备完毕，只剩干部认证了。我已经认证好了，华莱士部长，有劳。”

华莱士扑过来按下右手。

头顶扬声器传出宣告解锁的尖锐电子音，随即，紧闭的红门喷着蒸汽打开。

然后，艾米利亚看到了门后的景象。

大大小小的玻璃实验器具整齐地列在桌上，无数书籍密密麻麻地塞在书架里，墙边摆着收拾整齐的床，深处的圆顶炉灶仍在工作，透过小窗，可以看见摇曳的深红火焰。

“不会吧……博士……”华莱士失魂落魄地喃喃。

身为这个房间之主的炼金术师在室内最深处靠墙而立。

——不。应该说“被撑起来”才正确。

巨大的黄金之剑捅进他的胸口，将他钉在墙上。

剑体极为庞大，数倍于人类战时使用的普通双手剑。

炼金术师的双眼空虚地凝视着某处，无力下垂的双手已被破坏得不留原形。没错——

费迪南德三世死了。

“博士！”

“别动！”

帕克大喊着要冲进室内，特蕾莎则以盖过警报的声音喝住他。在场全员震惊过度，身体僵硬。

“都别动。”特蕾莎降低音调重复，“喂，那边那两个大块头，看紧了，别让他们乱动，有谁不对劲就用蛮力拦住。我批准。其他人也看好，看看我会不会做多余的事！”

谨慎起见，她对同行的两名保安及艾米利亚等人说完这些，独自走进工作室。谁也没有违抗她的话，她瞬间就支配了现场。

两名保安遵命守在打开的红门前，艾米利亚透过他们健壮身体的缝隙看着室内。

特蕾莎靠近一动不动的炼金术师，摸着他的身体进行确认。

费迪南德三世被钉在墙上，脚下倒着他研究的结晶——连同衣物一起四分五裂的赫蒙克鲁斯。淌遍地面的不是血，而是类似机油的液体。

无法变换表情的面容堪称安详，模仿人眼的双眸紧闭，确实只像个被丢弃的人偶。

这种反差撼动了艾米利亚。

本该活着的炼金术师死了，本该活动的赫蒙克鲁斯不动了。除此之外，室内没有明显变化。

场面过于脱离现实，艾米利亚一阵恶心，头痛得像在抽动，呕吐感强烈，胃袋似乎要翻个底朝天。

不知不觉，警报停了。

“啊……怎么会这样……”华莱士抱着脑袋，悲痛地呻吟，“早知如此，就该尽快……”

“博士，求求您……睁开眼睛……”帕克也祈祷似的呢喃。

艾米利亚找不到话跟他们说。受命监视的两名保安也向他们投去同情的目光。

特蕾莎结束最基础的检查，返回他们身边。

她罕见的一脸阴郁地说：“叫社长来，之后交给他处理。”

3

越高的地方日出越早。

艾米利亚呆滞地眺望着遥远地平线那头缓缓升起的太阳。只有他站在窗边，其他人都零零散散地坐在室内，神色忧郁。

眼下有七人在墨丘利公司总部六十楼的接待室等待。社长戴维斯，开发部部长帕克，负责工作室警备的两名保安丹尼尔·吉布斯和提奥·克罗斯，以及王国代表特蕾莎和艾米利亚。

发现费迪南德三世的遗体后，社长戴维斯立刻报了警。“人类至宝”炼金术师之死事关重大，特利斯墨吉斯忒斯地方警局无法独自处理，因此紧急请求王国警察总部埃特曼安吉总局提供支援。特利斯墨吉斯忒斯在都市国家的立场上享有独立自治，维持治安的警察机关公权力表面上却仍从属于王国管理。

接受简单问询之后，涉案人员按警察指示在接待室集合，等候埃特曼安吉总局的支援。

总局警员大费周章出差的原因只有一个——此案的特殊性前所未有。

没错。墨丘利的炼金术师费迪南德三世明显死于他人之手。

世上仅有的七名炼金术师，人类的至宝。其中一人惨遭杀害，第一位发现者更是代表王国的另一名炼金术师，王国高层的焦虑可想而知。王国向来凭借炼金术师这一武力保证力量平衡，从而阻止战争。如今平衡被打破，事情一旦曝光，很可能给境外各国，尤其巴力帝国提供进攻的口实。为了尽快破案，王国当然不惜对都市国家发动强权。

事态过于严重，艾米利亚不知所措。作为关键人物的特蕾莎在案发后始终沉默，这也撩起他异样的不安。

上午六点刚过，正当人们因饥饿与疲惫开始心烦意乱时，一名新的访客突然现身接待室。

“抱歉，让各位久等了。”

男人戴着金属框眼镜，眼神锐利，颇显神经质，是张生面孔。他年纪轻轻，恐怕才二十来岁，身穿高级西装，可见不是寻常之辈。

“我是埃特曼安吉警察总局的菲利克斯·克鲁兹探长，负责侦查此次案件，请多指教。”

殷勤地说罢，男人环视室内，似乎是想缓和众人的紧张，耸耸肩，玩笑道：“没事，湖面夜间封锁，一艘商船都不能进出。看记录，昨晚没有一艘船离开，说明凶手还潜伏在这座人造都市。我很快就会抓住他，请各位稍做忍耐。”

克鲁兹眼镜深处藏着猛禽般锐利的光，却露出柔和的微笑。

“不过，各位好像都累了。就着红茶简单说说情况吧。”

照此指示，茶杯递到室内各位手中。他继续说：“先从极为重要的一点开始。墨丘利公司的顾问炼金术师费迪南德博士在地下工作室过世了。”

有人吸了口凉气。或许是因为警官再次指出事实，让人被迫认知几小时前目击的魔幻场面属实。

“然而……我们有所怀疑。”克鲁兹面露不满，“根据调查，他六十二岁高龄，但地下的尸体……不管怎么看，都只有二十五到三十岁。这不合理。”

“博士实现了‘灵魂解明’。”戴维斯社长回答，“凭借最先进的炼金术，他做到了疑似的不老不死。”

“炼金术啊……”克鲁兹不服地嘟囔，“我干这行，多少也懂点炼金术，但那种事真有可能吗？左手的‘神印’现在也无法确认……您会不会只是中了诈骗师的诡计？”

“有可能。”一直闭口不言的特蕾莎低声说，“我亲眼验证过，他是真正的炼金术师……真正的天才。虽然不明白‘灵魂解明’的理论，但他确实成功重现了这一神秘。我以女王陛下之名起誓，这是毋庸置疑的真实。”

“谢谢，帕拉塞尔苏斯上校。”克鲁兹满意地看向特蕾莎，“要的就是您这番话。虽然一时难以相信，但案件既然牵涉炼金术，就必须抛弃无聊的常识。您都这么说了，种种不现实的状况想必是如假包换的。”

这位克鲁兹探长异常通融。一般人应该会更怀疑这种脱离常识的事实……不顾心存疑虑的艾米利亚，克鲁兹兀自继续：“他脚下四分五裂的机械人偶——究竟是什么？”

“她是赫蒙克鲁斯，说得明白点，是人造人。”帕克部长不安地说，“名叫爱娜温，是费迪南德博士融合‘灵魂’炼成炼金术和机械后制造而成。”

“难以置信，这是真的吗？”克鲁兹皱起眉，“总之，就假设她也是被害人，继续吧。”

他环视室内，确认是否所有人都同意。随即，他继续道：“费迪南德博士被一把巨剑……全长二点五米、重量近二十千克的黄金大剑贯穿胸口而亡，即死于刺伤。凶器上没有指纹。鉴证人员正在调查材质，但几乎可以确定是纯金。他的双手被破坏得面目全非。我听说，他是用双手使用炼金术的？”

“是。博士用双手在空中描绘术式，使用炼金术。”帕克战战兢兢地回答。

“也就是说，他首先被毁坏了双手，然后才被剑贯穿胸口。否则，没人能够正面袭击人称‘人肉兵器’的炼金术师。”

听了克鲁兹的话，艾米利亚意识到自己思考的疏忽。说来确实如此，他们拥有炼金术这一过分强大的武器，以常识来考虑，杀害炼金术师应该极为困难。面对独自一人就能改变战争局面的实力差距，普通人太过弱小。姑且不论突袭，使用剑的正面进攻，按理说并不可能。

“博士先被袭击者毁坏双手，然后在不能用炼金术的状态下遇害？”戴维斯喃喃。

“现在只能这么想。”克鲁兹点点头，“说到底，那把黄金剑从何而来，为什么要用它当凶器……不，更重要的是，有人挥得动那种东西吗？疑团堆积如山啊……那把剑也不是本来就装饰在那儿的吧？”

戴维斯、帕克和华莱士互看一眼，摇摇头。艾米利亚去工作室时，至少在可见范围内没摆着那种东西。所以，只能认为是凶手带去的。

带那么重的东西，就为了当凶器？

逻辑只可能如此，艾米利亚无法接受，却想不到更多。状况过于异常，身心过于疲劳，他只觉得这套逻辑前方有不好的结局在等待，于是下意识地颤抖。

“先不说这些，继续吧。”克鲁兹在身后交叉双手，在室内缓缓踱起步来。

“然后是——爱娜温小姐对吗？虽然不知如此表述是否正确，但她也遇害了……死因不明。说到底，我们甚至不明白她怎样才算‘活着’。她完全超出我们的常识范围。因此，直截了当地只说状态，她被砍断头部与四肢，双臂自手肘以下、双腿自膝盖以下被砍断，躯干也一样，在胸口一带一分为二。截面非常光滑，不是用蛮力挫断的。凶器恐怕跟破坏费迪南德三世双手的是同一件。”

“凶器找到了吗？”艾米利亚举起手。

“没有，但基本明白是‘什么’。这稍后再说，我先继续说明。”

克鲁兹看着艾米利亚，狂妄一笑。这个笑容有种说不出的不祥。

“公开典礼前夜祭晚上十点结束，遗体过零点被发现，以此为依据，费迪南德博士的死亡时间推定在昨晚十点到零点之间，但就算解剖遗体，也很难进一步缩小时间范围。我姑且一问，前夜祭结束后，他立刻就回工作室了吗？”

“是的。我送博士和爱娜温小姐到的地下一层。”帕克回答。

“原来如此，谢谢您的证词。”克鲁兹道谢，“接着确认地下安保系统。听说费迪南德博士的工作室有三重安保，黑门、白门和红门。黑门和白门必须干部以上权限才能开，红门需要两名干部以上人员权限，或者费迪南德博士从室内许可才能开……没错吧？”

“没错。”安保部负责人华莱士坚定地断言，“这是博士设计的安保系统。博士没有干部权限，开不了黑门和白门，只有红门可以内外同时打开。爱娜温小姐没有任何权限，无法独自去任何地方。”

“所以才让干部专程送他们回工作室。”克鲁兹满意地点头，“再来梳理一下案件流程。开端是工作室发出了紧急警报，没错吧？”

两名保安对视一眼，面露困惑，各自点点头。

“没错。”长着对歪耳朵的男人——丹尼尔·吉布斯回答，“我刚和提奥也在说，这毕竟是头一次，我们很慌，不知道具体时间。”

和他搭档的保安提奥·克罗斯点头同意。

“我们负责夜间警备，晚上九点之前跟白班的两个人交了班。从十点过后博士他们回来到警报响起，没人来地下。”

“嗯，警报响之后，你们联系了安保部部长华莱士？”

克鲁兹看向华莱士。

“我接到了‘白屋’来的直接紧急联络。”华莱士面露苦涩，“然后赶紧问帕克先生怎么处理。帕克先生是博士档案上的直属上司，还是博士各种相关事项的负责人。”

“正如华莱士部长所说。”帕克铁青着脸回答，“万一工作室内炼金术失控，我们普通人无法处理，所以立刻委托炼金术师帕拉塞尔苏斯上校和施瓦兹德芬少尉同行，一起前往工作室。”

“然后，你们解除三重安保进入工作室，发现被害人——可是，这有点奇怪吧？”

刚才还双臂抱胸、频频点头的克鲁兹神情一转，严肃地向所有人提问，动作像在演戏。

“如果这是自杀，那没什么奇妙的，但费迪南德博士明显死于他杀。或者，爱娜温小姐杀了博士，然后用某种方法分解自己也不是不可能……但事实上，她也明显遭到了外力破坏。上锁的房间，两具他杀尸体……也就是说，这是密室杀人。”

室内哗然。或许有人没发现这个事实。

保护墨丘利公司要害——炼金术师免受外界侵袭的坚固防范系统，明明一层就够却设置了三层，堪称世上最安全的地方——炼金术师遇害之处。说白了，密室杀人的想法简直莫名其妙。

“有没有可能有漏洞？”艾米利亚轻轻举起手问。要想符合逻辑，就只能这么考虑。

“我们当然也考虑到这种可能性，拼命找过了……但没找到。或者说根本不可能找到吧。”

克鲁兹嗤之以鼻。工作室是保护炼金术师，也是囚禁他的监牢，确实难以想象存在漏洞。

“奇妙的是，博士回工作室到案发期间，根据记录和证词，没人开过三扇门。”

若是如此——若连最后的可能性都被否定，这就真的成了“不可能犯罪”。

“不过，‘不可能犯罪’都是异想天开。”

克鲁兹高声宣言，在全员的注视下露出胜利的笑容。

“没有漏洞的完美密室，来路不明的黄金巨剑，‘人肉兵器’炼金术师遇害——乍看不可能的状况既然已经实际发生，那就是凭借某种手段实施的。而我，已经察觉这一手段。”埃特曼安吉警察总局的探长朗声宣告。

不祥的预感。这个男人究竟想说什么？

“没有漏洞，做出漏洞就行了。没有黄金剑，做出黄金剑就行了。普通人敌不过炼金术师，超越人类就行了。真凶——只可能是炼金术师。”

仿佛断定，仿佛定罪。

菲利克斯·克鲁兹探长指向在场唯一的炼金术师，特蕾莎弗拉斯特·博姆巴斯茨·冯·霍恩海姆。

室内一片慌乱。除艾米利亚、特蕾莎和克鲁兹外，接待室都是墨丘利公司的人。残杀公司最重要的炼金术师及其研究成果赫蒙克鲁斯的，居然是自己请来的王国炼金术师。听到这些，他们很难不慌。

然而——

“说得真有趣，探长阁下。”

舆论旋涡中心的炼金术师特蕾莎·帕拉塞尔苏斯不慌不忙，甚至乐在其中地面向克鲁兹探长。

“找碴找得太过分了。人不可貌相，其实我很纤细的，现在可是非常伤心啊。”

“别找借口了，帕拉塞尔苏斯上校。”克鲁兹语气尖锐，阻止特蕾莎轻佻的发言，“论逻辑，凶手只可能是你。你看准两名被害人返回工作室的时间，利用炼金术制造密道入侵工作室，并立刻用炼金术破坏了费迪南德博士的双手和爱娜温小姐。我刚才所说的凶器正是炼金术，证据就是，博士双手和爱娜温小姐各部位的截面都检测出了嬗变痕。”

所谓嬗变痕，是操作“以太”改变物质状态时留在物质上的痕迹。

“博士试图逃跑，你为了给他最后一击，利用炼金术将工作室里的铜像炼成黄金巨剑，要了他的命。我们已经查到，放在工作室里的铜像消失了。最后，你从自己制造的密道堂而皇之地离开，再若无其事地用炼金术封上它。这是这桩犯罪成立的唯一逻辑，而你这个炼金术师是唯一能做到这些的人。”

艾米利亚这才察觉，白天还在的铜像在发现遗体时消失了。将那座铜像变成剑……这恐怕是事实。不利于特蕾莎的证据正接连被指出。

“进一步说，你没有不在场证明。我们已经确认你中途就离开了前夜祭。当时，你大概在趁机挖掘通往工作室的密道吧。”

“关于不在场证明，我无话可说。旅途太长，我累了，所以中途就离开前夜祭，之后一直在一个人睡觉，直到案发后被强行叫起来。”

“这种借口可没用啊，帕拉塞尔苏斯上校。”克鲁兹咄咄逼人，仿佛等的就是特蕾莎这句话，“你不可能在睡觉。如果真是旅途劳顿在休息……案发时，你为什么穿着军装？”

没错。为什么这么简单的情况都没察觉？去叫特蕾莎时，她理所当然似的穿着军装。且不论没打算睡觉或是半梦半醒的艾米利亚，冷静想想，中途离开前夜祭回房休息的特蕾莎深更半夜还穿着军装，这并不自然。

“也就是说，你知道半夜会有人来叫自己。为什么？只可能因为你就是真凶！”克鲁兹探长坚决断言。

室内鸦雀无声。特蕾莎一语不发。她十二万分地明白，说话并无意义。

“当然，我们还没有物证。墙壁、地板和天花板没有发现嬗变痕，制造密道的假设或许可以说是纸上谈兵，却是入侵工作室的唯一手段。加上目前实际只有帕拉塞尔苏斯上校一人能够炼成夺走费迪南德三世性命的黄金剑，我认为，这个判断并不草率。”

艾米利亚很迷茫。虽然毫无证据，但克鲁兹所言却颇为有力。仅依逻辑而言，特蕾莎是凶手的可能性极高。状况证据层出不穷，否定材料却一个也没有——这同样很有说服力。

特蕾莎是凶手吗？抑或……他没有答案。想来想去，思绪总是原地打转。

“特蕾莎·帕拉塞尔苏斯上校，你涉嫌杀害费迪南德三世，被捕了。”

克鲁兹单手拿着手铐逼近特蕾莎。特蕾莎一言不发。

就算特蕾莎是凶手，想来也跟艾米利亚毫无干系。他的任务只是秘密侦查，不管她杀人还是被捕，都与他无关。

在王国看来，失去两名炼金术师的确损失重大，但此事涉及的问题太大，艾米利亚反而无能为力。他只能按照原本任务确认特蕾莎的结局，独自返回王都，向亨利·弗维尔局长汇报事件梗概。

这样一来，至少他身边的诸多问题大致都能解决。他能从不合理的北部任务脱身，重新在亨利麾下工作。虽不能说万事大吉，但也是合理期望范围内的最佳发展。

他心中理性的部分让他决定旁观。

归根结底，艾米利亚讨厌特蕾莎。第一印象恶劣至极，其后厌恶感也一味增长，昨晚两人还差点在前夜祭会场吵起来。特蕾莎之后会何去何从，说实话，他根本懒得理会。

明明如此——

“且、且慢！”

艾米利亚回过神时，已经拦下想铐住特蕾莎的克鲁兹。

在场全员都投来惊讶的目光，特蕾莎亦然。她盯着艾米利亚，超尘脱俗的美貌染满讶异。

艾米利亚自己也无法相信。为什么要喊停？自己想做什么？他一无所知。明明清楚现在应该马上说“对不起没事”然后闭嘴，双唇却违背理性意志擅自开启。

“帕拉塞尔苏斯上校不是凶手。”

“什么？”克鲁兹扬起一边眉毛，“施瓦兹德芬少尉……此话怎讲？”

“呃……这……”艾米利亚拼命思考。事已至此，无路可退。他下定决心回答：“帕拉塞尔苏斯上校有不在场证明！零点之前，她一直跟我在一起！”

这话大出意料，克鲁兹瞠目结舌。他此前始终一脸从容，眼下第一次展露情绪化的一面。趁此机会，艾米利亚滔滔不绝道：

“前夜祭一结束我就去了上校房间，跟她在一起待了快两小时，直到零点之前。后来我回到自己房间……帕克部长他们很快就来了，就几分钟。至少，上校没有时间杀害博士。”

克鲁兹看似不快。

“少尉，请注意您的发言。您确实说过前夜祭后一直在自己房间，帕拉塞尔苏斯上校也说她一直独自在房里。若您刚才所说属实，两位为何要串通做假证？”

“上校在保护我。”谎言一出，为了圆谎，就不得不接着撒谎。艾米利亚继续口出虚言，流畅得连自己都惊讶。

“其实……我在跟上校商量烦心事。军校毕业之后，我本该进入梦寐以求的情报局，可实际得到的任务却是开垦毫无战略价值的前线基地……我一直为此烦恼，索性跟上校聊了聊。我想，拥有天才头脑的人类至宝或许能告诉我解决方法。一问，上校就非常热心地给了我建议。这本该是我和上校的秘密，不能让任何人知道……但案件发生，情况变了。所以上校建议，就当我们分别待在自己房里。”

“莫名其妙。做伪证怎么就能保护你了？”

“哎呀，克鲁兹探长，您不知道吗？”艾米利亚故作惊讶，“军规规定，不得与异性长官在封闭的室内独处。”

克鲁兹话到嘴边，又吞了下去。他肯定没料到这手反击。这本是在军部这片男性社会里保护女军人的规则……但既然只定义了异性，规则就是规则。

“为避免我在情报局内的情况继续恶化，上校帮我隐瞒了违反军规一事，然而，倘若清白的帕拉塞尔苏斯上校因此被捕……我无法忍受。我要重新证明事实，她有不在场证明。身穿军装是因为不久前还跟我在一起，没有任何不自然。”

克鲁兹双臂抱胸，盯了艾米利亚一会儿，愤愤开口：“我听说您严肃又聪明，但似乎名不符实啊。”

“实在非常抱歉。”艾米利亚低下头。

“但我还没相信您的证言。如果您的证言属实，这起案件就真成‘不可能犯罪’了。”克鲁兹语气强硬，“此次案件只有炼金术师能完成。除帕拉塞尔苏斯上校外，世上只剩五名炼金术师，难以想象他们会出现在这里，如此一来，设想凶手是上校，少尉在说谎才更现实。如果您的证言仅仅是被她美色所惑的伪证，还请立刻纠正，我网开一面，不追究伪证罪。”

“是如假包换的事实。”艾米利亚毅然回答。当然，克鲁兹的直觉才是真相，自己的证词只是谎言——但他绝不会露出马脚。

“而且……我不认为此次案件只有炼金术师能完成。”

“此话怎讲？”克鲁兹皱起眉头。

艾米利亚一鼓作气说出这话，岂料一时冲动的话语拥有意外的正当性。惊讶之中，他拼命思考，挤出话来。

“不仅炼金术师，嬗变术师也可能完成这起案件。”

“不可能！”克鲁兹立刻反驳，“那怎么解释那把黄金剑？那肯定是用铜像炼成的！”

“探长，抱歉，但您在根本上就有所误解，”艾米利亚故意平静地说，“那不是铜像，本来就是黄金像。”

“啊？”

“其实，昨天白天我们见博士时，上校跟您一样，也不信那个年轻人就是真正的费迪南德博士。博士为了证明自己是真正的炼金术师，将工作室里的铜像炼成了黄金像给我们看。”

“他居然！”

克鲁兹的狼狈显而易见。也难怪，如果此事属实，就会彻底颠覆他的推理。

“您、您能证明这一点吗？”

“很可惜，知道这一事实的，只有在场的我和上校，以及博士和爱娜温小姐。但正因如此我才确信，上校以外的人也能行凶。用黄金像制造黄金剑并非改变元素层级结构，只是改变其形状，炼金术的下位替代嬗变术也能实现。另外，制作密道、毁坏博士双手与爱娜温小姐，这都属于嬗变术中改变形状的范畴。不仅是炼金术，嬗变术也会残留嬗变痕。这样一想，这一切简直就像是为了嫁祸上校而动的手脚。铜像的情况，博士后来也可能在前夜祭会场上告诉过别人。”

如果有嬗变术师知道铜像事先变成了黄金像，恐怕会故意利用这一情况，将案件伪装成只有炼金术师能行凶的状况。当然，这样做的目的并不明确。

艾米利亚提出的微小可能性让克鲁兹咬牙切齿。他无法说这只是胡言乱语，并付之一笑。如此表现，证明他至少认为此事有考虑的余地。还差一步。艾米利亚正要开口，有人略先于他说道：

“不过，艾米利亚说的可能全是假话。”在旋涡中心静观状况的特蕾莎突然说。

她似乎要完全否定艾米利亚的话，尽管他的话有利于自己摆脱嫌疑。艾米利亚动摇不定，克鲁兹则因此回神，找回少许冷静，推推眼镜。

“没错。正如上校所言，她仍可能是凶手，少尉只是为了包庇她而做伪证。依我看，这种可能性倒比较大。”

“但我也认为……若只是伪证，未免太有逻辑了。”特蕾莎试探地说。克鲁兹轻轻点头。

特蕾莎大胆一笑。

“因此，我有个折中方案。”

“折中方案？”

“没错。这起案子，由我来破。”

特蕾莎此话一出，所有人都倒吸一口凉气。反应最大的还属克鲁兹。

“等、等等！怎么能如此乱来！您可是头号嫌疑人啊！”

“但你不觉得吗？要真正侦破这起不可解的案件，必须用到我的头脑。”特蕾莎向克鲁兹送去一个古怪的妩媚秋波，“如果现场找不到更多嬗变痕呢？到时候，这不就成了连我都做不到的真正的密室杀人吗？”

“这……”克鲁兹欲言又止，恐怕是在害怕这种可能性。

“我知道自己不是凶手。我要亲自找出那个嫁祸本天才的蠢货，让他遭到相应的报应。所以，让我查案。我不会干扰你们，也不会逃。我以女王陛下的信任发誓。”

“我、我不可能接受您这种发言……”

特蕾莎的视线离开克鲁兹，投向墨丘利一众。

“你们应该有限制炼金术师行动的道具吧？听说地下安保系统是费迪南德三世设计的，但我难以想象你们会百分百信任他。为防万一，你们应该准备了防止炼金术师逃跑的东西，对吧？”

戴维斯向帕克抛去困惑的视线，帕克沉重地开口：“开发部以前好像秘密开发过枷具。因为太不人道，试做阶段就中止开发了……”

“不人道？”特蕾莎困惑道。

“嗯。离开总部半径一千米以上……换句话说，离开特利斯墨吉斯忒斯就会爆炸，试图强行摘下时也会……因为还会对‘以太’做出反应，所以也不能用炼金术动手脚。当然，正常使用炼金术不会出问题……”

“不错啊，这样才让人兴奋。”特蕾莎大胆一笑，“探长，给我戴上那玩意儿，你就没意见了吧？”

“可、可是……这不是我一个人能决定的……”

“那你就去问问大人物，也问问爆炸枷具的事。他们一定会答应。”

特蕾莎向克鲁兹抛去挑衅的目光。克鲁兹面露不服，但还是暂时离开接待室去联系高层。

“那你准备一下枷具吧，要两个。”接着，特蕾莎要求帕克，“百忙之中不好意思，但你就当是为了抓住杀害你们宝贝炼金术师的凶手，帮帮忙。”

帕克和戴维斯对视一眼。社长轻轻点头，帕克取得门前候命的警官允许，一路小跑离开接待室。艾米利亚靠近特蕾莎，小声问：“您为什么要了两个？”

“一个给我，一个给你啊。”特蕾莎不快地回答。

“欸？这，等等。”艾米利亚急了，“我怎么也要戴？我不要，太危险了。”

“你是我的探案助手，当然要跟我同生共死。”特蕾莎叹了口气，“不论如何，如果我找不出真凶被捕，你也会因为包庇凶手和伪证罪坐牢，最坏的情况，还会直接砍头。既然如此，现在赌上性命也一样。拼死为我效力吧。你已经是大人了，负起责任。”

艾米利亚沉默不语。特蕾莎的话沉重地压在他胸口。虽然为时已晚，但要不要现在承认自己说谎？他正在犹豫，克鲁兹居然就回来了。他有点喘，可能是跑过来的。

“上面批准了。帕拉塞尔苏斯上校，特别允许您展开自由搜查。”

特蕾莎回以一笑，似乎早料到这个回答。

“辛苦了，谢谢。”

“但有条件。”克鲁兹盯着特蕾莎不放，“首先，自由搜查仅限今天，若有真凶，请您今天之内抓到我面前。时限是午夜零点，超时就视您为凶手。”

“今、今天之内不可能吧！差不多只剩半天了！”

戴维斯担忧地大喊，克鲁兹静静摇头。

“我们压媒体只能压这么久，费迪南德博士的死讯现在还能控制在墨丘利公司总部，但几小时后的公开典礼不得不取消，风言风语想必会逐渐传开。我们虽给各家媒体下了封口令，但这也有期限。”

“博士之死公开后会如何？”戴维斯说。

“这就牵扯到第二个条件了……”克鲁兹再次面向特蕾莎，“若您是凶手，您就犯了杀害炼金术师的最大禁忌，将于明早在亚斯塔禄王城前大广场接受火刑。”

即使是特蕾莎也表情扭曲，周围一片哗然。

“火刑太野蛮了！”特蕾莎惨叫，“而且明早也太快了！至少让我查仔细——”

“现在没时间那么悠闲。”克鲁兹略显气恼，语气粗暴，“目前消息尚未扩散，还算平稳，可一旦世人知道‘人类至宝’炼金术师遇害，凶手还是另一个炼金术师，事态又会如何？我国会变成无法有效管理炼金术师的稚拙国家，成为众矢之的。事关重大，甚至可能动摇王国的根基，即女王陛下。因此，必须尽快向境外各国宣示，我国是女王陛下治理的强国。”

“火刑就是为了这个？”华莱士部长颤声喃喃。

“正是。不能让人认为我们是放任炼金术师任意妄为的弱国，所以，为了向全世界宣告我国拥有炼金术师犯法与庶民同罪的强大统治基础，就要刻意大张旗鼓地行刑。我们还要让境外各国知道，我国将不依赖炼金术师，今后的统治会一如既往。我国要想免遭蹂躏、在世上继续存活，除此之外，别无他法！”克鲁兹强硬又强势地断言。

室内鸦雀无声，只有特蕾莎干巴巴的掌声响得嘹亮。

“伟大的爱国心。好吧，我接受条件。除了接受条件找出真凶，我本来就没别的办法活下去。”

“这、这样好吗，上校？”戴维斯担忧地说，“若您愿意，我司可以倾尽全力抗议王国这等野蛮行径。假如王国有意开战……特利斯墨吉斯忒斯随时应战。我们还能考虑独立建国，或者举城流亡到其他国家。”

“真可靠。”特蕾莎面露苦笑，“不过没问题，一天足够了。”

这时，刚才离开接待室的帕克回来了。他拿着两个直径十五厘米左右的金属枷具。

“我来晚了。东西很旧，翻找和检查状态都费了些工夫……不过能正常使用。真的要用吗？”

帕克战战兢兢地递出枷具。特蕾莎伸手接过，露出与当下情境不符的爽朗笑容。

“假如没它就不能自由搜查，那我很乐意戴上。我本来就不打算跑，没影响。”

说着，她毫不犹豫地将圆环沿中间开口分成两半，套上脖子。“哔”的一声，机器似乎开始运转了。接下来，特蕾莎在艾米利亚颈间也套上金属枷具。艾米利亚一动不动，任她摆布。他只能豁出去了！

随即，特蕾莎突然揽过艾米利亚的肩。

“留给我的时间不多了，既然已经决定，就赶紧开始搜查！哎哟，得先召开作战会议！总之先回我房间吧，艾米利亚！”

不知为何，特蕾莎高亢的声音略带喜悦。她拖着艾米利亚，离开了接待室。

第四章

灵知的引导

1

“你这大白痴！”

特蕾莎假借作战会议的名义回到房间，一开口就朝艾米利亚怒吼。艾米利亚被吼得耳鸣，皱起眉看她。她面色泛红，难得情绪化，似乎真生气了。艾米利亚不知道是什么如此严重地触了她的逆鳞，想着还是别继续惹她为好，任由她抓着衣襟。

“干吗撒那种谎？！你差点都成共犯了！你不是最喜欢纪律的严肃的好孩子吗？这是发的哪门子疯！”

特蕾莎将脸凑近艾米利亚怒吼。她个子更高一些，艾米利亚略微踮起脚，虽然脖子被勒得难受，还是努力回答：“我没说过我喜欢纪律。”

“说到底，你任务的真正目的应该是秘密侦查我，找个我不适合当军人的借口，把我赶出军务部！”

“是……是这样吗？”艾米利亚第一次听到这个消息。

“你是有多善良啊。”特蕾莎仰天长叹，“那我用你也能听懂的方式解释解释。军务部本就跟研究嬗变术的教务部和批发其研究成果的总务部外局国家公安委员会警察厅水火不容，所以才会为了抢占先机招徕炼金术师，故意找碴似的设置特务机关‘阿尔卡黑斯特’。然而，起步刚一个月，军务部已经没法应付我了。周遭一味批判特蕾莎·帕拉塞尔苏斯是个拿不出任何成果的酒囊饭袋。可炼金术研究就是这样，花足足几十年沉思，也不知能不能得到一个成果。所以我会喝酒也会交女友，没压力的生活才是大脑最好的营养。但这当然得不到周围的理解，到头来，反而被总务部和教务部这两个找碴方讥笑。可惜女王陛下喜欢我，谁也没法干涉，想必军务部也头疼得很。就在这个关头，墨丘利邀请王国派遣炼金术师，目的虽然明显是牵制王国，但若接受邀约，就能对外展示‘阿尔卡黑斯特’在工作。军务部虽多少有些愤怒，也只能舍卒保车，答应此事，而为了应付周围的批判，他们还派了监视员——你。”

特蕾莎喋喋不休地快速说着，用食指抵住艾米利亚的额头。

“但有人不以为然。那就是亨利·弗维尔。他比你更顽固，还是个神秘否定派，想必打心底看不惯我这种胡来的人，因此计划趁机把我赶出军务部。如果饱受各部及军队内部批判的人物做出有违王国代表身份的行动，就能以抹黑女王陛下为由，将其轻松放逐。于是，他选了自己极其信赖、并且正在承受不当待遇的你来监视我。若能拔除我这个眼中钉，不仅军务部高兴，成就此事的你也必然会获得更高评价，摆脱不合理待遇。计策巧妙，是那个狡猾大叔的作风。总之，你只是卷进了成年人的无聊政治！”

艾米利亚噤声不语。任务背后超出想象的盘算固然惊人，明知如此还同意他同行前往墨丘利的特蕾莎却更惊人。这名炼金术师果然出奇聪明，看似任性妄为，暗地里却意外艰辛。艾米利亚对特蕾莎·帕拉塞尔苏斯略有改观。

不顾他的钦佩，特蕾莎越发激动。

“抓我处死我也是其中一环。那群混蛋派警察总部的人过来，一开始就是为了围攻我。他们根本不在乎案件真相，只是觉得对外效果好，想在政治上利用我的死。王国外交路线本就是不依赖炼金术的健全国家，倘若境外各国同样不知如何处理炼金术师这种统治上的特异不确定要素，早晚会有国家追随王国，到那时，王国就成了领先世界的国家……如此计划却被你难以置信的谎言搅乱了！终于能回到最初的问题了，你为什么要撒那种谎？！”

“哎呀哎呀。”

“不是‘哎呀哎呀’好吗？！脖子上挂着炸弹，这么严重的情况，你怎么还那么冷静？你是真蠢吗？！”特蕾莎气势汹汹地摇晃艾米利亚的双肩。

看见激动的人反而冷静，艾米利亚的坏毛病又犯了。

他轻轻避开特蕾莎搭在自己肩头的双手，回答：“因为，当时不那么说，您不就被抓起来立刻处刑了吗？仅仅是为了回避这个，不也赚了吗？”

“别说结果论！首先，就算被抓，我也有底牌证明自己的清白！所以我才让那个探长信口开河！可你却冒出来多管闲事！我是真的吃惊！就为这个，军务部对你的评价降低了，你脖子上还挂了炸弹！莫名其妙！你究竟在想什么！”

针对以上提问，艾米利亚自己其实也不知道答案。当时为什么会那么说？论逻辑，特蕾莎是凶手最为合理，克鲁兹探长的主张也有说服力。所以，他情急之下不惜撒谎也要包庇特蕾莎，难道只是自我满足？倘若如此，他能从中得到什么好处？

“我讨厌不讲理的行为。在军校的时候，我无缘无故被怀疑是间谍，非常难过。从那以后，我就无法原谅蛮不讲理的事，无法原谅那些有人单方面获利、暗地里有无辜之人受伤的事。所以，我觉得当时就断定你是凶手不对、不讲道理。”

“所以你捏造不在场证明包庇我？这就那么重要，甚至能让严肃的你违抗军务部？”

“是的。”艾米利亚用力点头，“我是军人，重视纪律……但我绝不愿意欺骗自己。为此……多少谎我都会撒。”

他断言，为了守护自身信念，无所谓欺骗周围人。

特蕾莎与他对视片刻，终于放开他，笑得花枝乱颤。艾米利亚困惑不解，她却不以为意，极其愉快，高声笑个不停，眼角都冒出了泪花。她用手指胡乱擦掉，上气不接下气地说：“你可真有趣。”

“‘有趣’这评价有些出乎意料……但我实在不觉得您是凶手。该说嫌疑人限定得太死了吗……看得出有人想嫁祸于您，很恶心。”

“但也有可能是我诱导你如此思考，故意把嫌疑引向自己。”

“那您应该做得更漂亮。而且，如果您真是凶手，应该会干得更显眼吧？昨天前夜祭和今天公开典礼途中的时机尤其好。夜深人静在密室里偷偷杀人，不是您的作风。”

“别夸我啊，我会害羞的。”

“我是在隐晦批判您是喜欢明目张胆作恶的人格缺陷者。”

“你对我太不客气了吧，我可是‘人类至宝’哦！”

“是是是。”

“不是‘是是是’好吗？！”

没时间毫无意义地较劲了。艾米利亚轻轻一清嗓子，开始抱怨。

“首先，老师，您也有错。我好不容易圆了谎，差点就能骗过克鲁兹探长，您却突然提出要自己破案……都怪您，我们现在才会脖子上挂着炸弹哦，您是有死亡冲动吗？”

“蠢货……如果继续撒谎，探长会说你的证言缺乏可信度，立刻驳回。你的谎太完美，对他不利。如果撒谎，必须要混进有利于对方的信息。所以，正因为我当时故意怀疑你发言的可信度，并且背负风险提出自己破案，才开辟了出路。要不然，你我现在就都该被抓起来等待处刑了。我是你的救命恩人，你稍微有点谢意啊！”

特蕾莎卖弄恩情似的说完，鼻子里一哼。

“总之，事已至此，我们就是命运共同体了。要活下去，只有找出真凶交给警察这一条路。”

“老师，您发现凶手的线索了吗？刚才还说有底牌……”

“不，现在完全没有。”特蕾莎神情苦涩，“底牌只能证明我的清白，对找真凶没用。总之，信息绝对不够，我们先回现场重新调查吧。”

“是啊，也只能这样了。”艾米利亚点点头。

说实话，他累得东倒西歪，现在就想钻进被窝倒头大睡，但如今命悬一线，没时间奢望这些。相比军校时期为期三天不眠不休的拉练，现在还算游刃有余。

他回房间洗了把脸，和特蕾莎一起再次前往地下一层。机会正好，他问了个一直很好奇的问题。

“请务必对我说实话，昨天溜出前夜祭之后，您在哪儿，又干了什么？”

“打听正值青春年华淑女的隐私，你很没礼貌哦。”

“我说您当时跟我在一起，我们得统一口径。”

特蕾莎磨蹭片刻，终于死了心，破天荒羞涩地涨红脸，面朝一旁说：“我一直窝在室内，没体力，昨天路上累了，真的一直在睡觉……啊，可恶！所以我才不想说啊！”

2

电梯降到地下。

初次拜访时，地下室裹在沉郁的寂静中，如今却人声鼎沸。

费迪南德三世模仿“贤者之石”炼成工序设计的三重安保已经解除，两人得以直接前往。探员无处不在的视线让他们饱含压力，但现在管不了那么多。

工作室现场，克鲁兹探长正在第一线指挥搜查。

“果然来了啊。”克鲁兹看着他们，似乎打心底感到不快，“上级有令，我允许两位自由搜查，但还请不要打扰我们。”

“行行行，了解。”特蕾莎随意挥挥手，也不知有没有听，“啊，对了，联系特利斯墨吉斯忒斯的嬗变术师公会，要一份这座城市的嬗变术师名单。他们是重要嫌疑人。”

“不劳吩咐，我们已经安排了。”

“是吗？手脚挺快啊，那就有劳啦。”

特蕾莎拍拍克鲁兹的肩膀，走向房间深处。艾米利亚紧随其后。

费迪南德三世的遗体已经收走，曾经钉着他的墙壁只剩红黑血迹和穿透中心的尖锐洞口。昨夜的场景闪回脑内，艾米利亚移开视线。凶器大剑横在地上，闪烁着跟发现遗体时一样的金色光芒。根据警察调查，确实断定这是纯金……

“对了，纯金不是很软吗？”艾米利亚提出忽然想到的疑问，“纯金的剑真能伤人？”

“普通纯金软得挠一下都会留痕，”特蕾莎贴在墙边，在观察间隙回答，“但加热处理后会硬好几倍。虽然不是常用的武器，但只用一次应该没问题。既然体型大，也就重，捅人应该没多难。”

随后，特蕾莎招手让艾米利亚靠近，指向墙上钉住费迪南德三世的洞口。

“你看，捅得相当深，挥剑的人力气肯定很大，剑尖也瘪了一点。能轻松挥动将近二十千克的双手剑，还能深深捅进墙里的怪力……凶手臂力跟猩猩差不多啊。既然凶器是这么大的剑，我的嫌疑已经排除了。我头脑过人，身体却只是普通的美女。”

特蕾莎弯曲手臂，试图挤出肌肉，军装下的胳膊却平坦如初。她穿大号男用军装恐怕是因为胸围，从偶尔露出袖口的手腕来看，她非常纤细，别说挥动两米有余的双手剑，恐怕举都举不起来。

“不能用炼金术的力量移动剑吗？”

“炼金术才不是那么方便的万能之力。”不知为何，特蕾莎回答时移开了视线，但又立刻死了心，叹息道，“虽然我这么说，但其实能做到。就算隐瞒，之后也会露馅，还是趁现在告诉你吧。用炼金术或嬗变术操作物质状态时，必然会产生剩余能量，将这种能量当作推进力发射炼成物和嬗变物……嗯，这么大的剑足够当凶器了，跟臂力关系不大。”

那刚才为什么硬要排除自己的嫌疑？碍于克鲁兹在场，艾米利亚想问却没开口。大概是出于撒谎也好，不择手段也罢，总之一定要排除自己嫌疑的心理在作祟吧。归根结底，艾米利亚也绝不能置身事外。

“对了，探长，爱娜温呢？和费迪南德三世一起搬出去了？”特蕾莎似乎突然想起来了。

“在那边。”在后方监视他们的克鲁兹没好气地回答，“会妨碍搜查，就靠墙放着了。虽说是机械人偶，但脸跟人类一模一样，实在不忍心，还盖了块布。那边已经搜完了，两位请便。”

克鲁兹示意地板上随意摆着的白布覆盖的块状物。特蕾莎走近蹲身，掀开一看，只见下面是和当时所见一样的、四分五裂的爱娜温。艾米利亚皱起眉头。

“太过分了。”

“啊，很过分。”特蕾莎点点头，“对这种美人这么残酷，不可饶恕。我还想带她回去呢。”

这名炼金术师的伦理观真是莫名其妙。而且，对方也不可能交出给她。

艾米利亚观察着爱娜温。当时距离太远没看清，但透过女仆装，他看见她胸口开了个洞，就在她心脏一带的发光处。

“我记得她的动力是胸口的‘以太之光’？会是这个被破坏造成的致命伤吗？”

“嗯……大概是吧。”特蕾莎含糊地回答，“既有概念很难定义爱娜温这个存在……但若将‘以太之光’比作心脏，水和蒸汽比作血液，再凭这些驱动‘灵魂’容器大脑的话，就是你说的那样。‘以太之光’遭到破坏，所以无法使用蒸汽机，无法维持大脑的演算部件运行，于是‘灵魂’消失，她死了——暂时可以这么想。”

特蕾莎所说的“灵魂”，是炼金术含义中“人类独有的睿智根源”。也就是说，爱娜温失去“灵魂”，所以迎来了“死”。

“我只是假设，如果装上新的‘以太之光’，将身体零件全部还原，她会重新动起来吗？”

“恐怕不行。”特蕾莎果断否定，“你这就像在说，彻底缝好受伤死亡的人类的伤口再输血，人是不是就能复活？爱娜温的动力虽然是蒸汽，本质却在依靠‘灵魂’活动，跟人类一样，一旦失去‘灵魂’，恐怕就不会再动。换作完全重现了‘第四神秘·灵魂解明’的费迪南德三世，倒说不定能唤回她一度失去的‘灵魂’……”

特蕾莎惋惜地闭上双唇。不知道“第四神秘”的真相，人类眼下无计可施。她默哀般沉默片刻，似乎觉得调查够了，重新给爱娜温盖上白布，站起来。

“那么——”

她漫无目的地在工作室内踱步。追在后面团团转未免太像跟屁虫，艾米利亚便只用视线追随着她。

特蕾莎眯起眦角细长的眼睛，表情严肃，及腰的黑发轻轻飘动着，修长的四肢灵活挥动，身姿如画。其他探员虽然有意不理她，却总会被吸引目光，频频停止工作。艾米利亚再次意识到，只要不说话，炼金术师特蕾莎·帕拉塞尔苏斯果然美得出格。但这话他当然不会告诉她本人。

“怎么？看那位炼金术师看呆了？”克鲁兹探长在他身后搭话。

“啊……是。”艾米利亚尚未想好如何对付这位探长，但又觉得不至于敌对，因此坦诚回答，“我在想，她只有外表充满艺术感，相反，人格恶劣至极。”

“而您跟这种恶劣至极的人聊了人生？”克鲁兹说，嘴角浮现一抹微笑。他打算进一步诱导，但艾米利亚早有预料。

“姑且不说人格，她确实聪明，我相信她的智慧和计策。”

“原来如此……那么，您想到报复军务部的好主意了吗？”

“我从没想过报复。”艾米利亚摇摇头，“从始至终，我只希望得到合理评价。”

“当时只要不说话，您就能得到合理评价。”克鲁兹突然压低声音，“说实话，我不能理解。您当时为什么要帮上校？”

话中真挚的语调让艾米利亚困惑。警察总部的菲利克斯·克鲁兹来到这里，恐怕是为了抓特蕾莎的马脚。他大概也知道艾米利亚的情况，确信地怀疑他在做伪证，所以才会问他为何包庇特蕾莎。

“我不是帮她，只是陈述事实。”艾米利亚明白克鲁兹言下何意，却仍在此前提下回答，“而且，上校以外的人确实可能行凶。‘上面’的人或许处死上校就心满意足，但我想知道真相。当时就逮捕上校未免过于武断，哪怕是为了让她认真搜查找出凶手，我也觉得当时出言作证没错。”

您又如何？艾米利亚话里有话地看向克鲁兹，后者因他的以牙还牙而面露苦涩、无言以对，似乎有话想说，却碍于立场不能说。

想来，艾米利亚同样一直如此。军人和警察一样为国献身，必须绝对服从上级命令，因此，不管是接到蛮不讲理的北部调令，还是被迫从事陌生的开垦作业，他都默默听命。

上级命令等同女王陛下圣言，既然活在这个国家，就只能听从。或许，克鲁兹也因为被塞了这桩愚蠢的脏活而不满。

这是武断的猜测，但他对这位神经质的探长略有改观。

他慢慢环视室内。除却墙上血迹、脚下白布和大量探员，这里和昨天白天来时并无不同。房间深处的床铺同样整洁如初，屋主恐怕尚未使用就已遇害。对面的工作角也和之前一样，除了工作器械，什么也——

咦？

艾米利亚隐约感到异样，犹豫不决地靠近工作角，仔细观察。他觉得少了什么，认真观察之后，却仍然不知道跟之前有什么不同。

工作台上摆着螺丝刀、扳手、锤子、锉刀等工具和散乱的螺丝、齿轮，周围则挤满了车床、铣床、钻孔机、汽锤等工作器械。只看这些，这间炼金术师的工作室，倒更像工匠的作坊。

爱娜温大概就是在这张工作台上诞生的。桌子大小也和她身高相仿。

孤高的炼金术师费迪南德三世在这间工作室闭门研究了整整三十年，终于打开新的神秘之门，仿造人类制作了赫蒙克鲁斯。低语寂寞的他究竟在想什么，才创造了爱娜温——

透过工作角，艾米利亚有一瞬间窥见了天才的精神世界。正当他因此思绪万千时……

“粗略地看，墙壁、地板和天花板都没有嬗变痕啊。”

特蕾莎似乎结束了调查，正站在他身后。克鲁兹不知何时也来了。特蕾莎遗憾地耸耸肩。

“警察也没找到？”

“暂时没有。”克鲁兹眯着眼看她，“不止工作室，我们还认真检查了走廊和相邻的白屋，都没发现嬗变痕。但某个地方肯定有，不可能没有。”

“哼。”他说得很笃定，话却从特蕾莎这里轻飘飘地左耳进右耳出，

“先不说这个，有几件事我挺在意。”

“在意什么？”艾米利亚拽回差点飘走的意识，疑惑地问。

“嗯，这里似乎不是绝对的密室。”特蕾莎慢慢环视室内，“比如，那里就有垃圾槽。”

说着，特蕾莎竖起拇指示意入口处的左侧墙壁。墙上装有金属板和把手，走近一拉把手，金属板打开，露出个空洞。垃圾好像是从这儿往下扔的。

“虽然确实会通往某个地方，”艾米利亚愣愣地说，“但这么窄，人不能进出吧。”

目测空洞宽二十厘米，高十五厘米，设计上不能过人倒也符合常理，连成人中个子算小的爱娜温也过不去。归根结底，工作室还有拘禁费迪南德三世的监牢作用，不可能开一道能过人的垃圾槽。

“但确实通往外界。”特蕾莎毫不退缩地坦言道。

“室内卫浴的水管和下水道也通往外界，某处肯定还有空气通道，因此，我认为把这个房间叫作‘密室’并不合理，说‘伪密室’比较合理。警察细致入微地检查过这些地方了吗？”

“我们还有很多地方必须搜，分不出人去白费工夫。”克鲁兹厌烦地挡下特蕾莎的俏皮话。

事关性命还在胡闹。艾米利亚心头火起，特蕾莎却不以为意，优哉游哉地继续。

“还有，反射炉也很可疑。”

“反射炉？”艾米利亚看向房间深处格外显眼的高两米的高圆顶。案发时，小窗背后的火苗还在燃烧，现在消失不见，恐怕是已经扑灭了。反射炉上部伸着排气管。

“您难道是说……那段管道？”

“正是。”特蕾莎点点头，“按道理讲，那绝对通往外界。”

“道理……”

艾米利亚无奈地看着克鲁兹。克鲁兹嗤之以鼻。

“直径十厘米的管道通向外面又能怎样？您难道想说，凶手变成烟飘出去了？”

“有可能。”特蕾莎自信地点点头，“凶手不一定还活着。”

“什么意思？”艾米利亚疑惑道。

“且不论入侵手法，就假设凶手杀害费迪南德三世和爱娜温后跳进了燃得正旺的反射炉，怎么样？”

不顾听不懂自己发言意图而皱起眉的艾米利亚，特蕾莎淡然继续。

“然后，凶手的身体被高温加热，终于连骨头也烧成灰烬，变成一缕烟从管道飘走了。”

“等、等等。您是说，凶手犯案之后自杀了？”克鲁兹困惑地问。

“逻辑上是这样。”特蕾莎一脸认真地点头，“至少，这种想法跟现状不矛盾。应该说，既然到处都没找到嬗变痕，凶手就是从红门、垃圾槽或者反射炉管道逃走的。这个结论符合逻辑，并且至少刚好解释了从反射炉管道逃走的假设。你不觉得这个假设非常合理吗？”

克鲁兹听了这一长串话，眉头紧锁，但似乎还有警察的志气在，于是努力挤出话。

“我懂您的意思，但您的假设太……”

“超出常识？”特蕾莎超然一笑，“被害人是炼金术师和赫蒙克鲁斯，犯案手段还是嬗变术，哪有什么常识不常识的。至少逃脱手段解决了，只要再确定入侵手法就万事大吉。”

她说了声“走了，艾米利亚”，就迈开脚步。艾米利亚虽然被她耍得团团转，现在也只能跟上。

“怎么突然要走？”走在通往电梯的路上，艾米利亚问。

“现场看完了，再待下去也没收获。”特蕾莎迈着长腿，大步流星。

“您要去哪儿？”腿长短有别，艾米利亚小跑跟上，“去问话？”

“不，”特蕾莎否定，“先填饱肚子。我记得公司里有餐厅，去那儿吃早饭吧。今天大概要打持久战，得好好补充能量。”

3

烫如地狱之火的红茶让濒死的脑细胞像凤凰涅槃一般复活。

艾米利亚感觉随时可能支离破碎的细胞恢复了原形，“呼”地叹出口气。

幸好餐厅很空。现在刚过早上八点，这里本该挤满来参加九点“第四神秘”公开典礼的人，却因仪式突然中止而一片冷清。

炼金术师之死尚在保密阶段，城市安稳如常运行……然而，此事一旦传开，借其荣光发展至此的城市究竟会如何？艾米利亚有些在意。不过，自己能否活到明天才是切身大事，他决定少胡思乱想。

喝过红茶，艾米利亚咬住当早饭的黄油吐司。淡淡的甘甜渗透疲惫的身体，倍显美味。他食欲不振，打算少吃点，一片吐司却转眼就下了肚。堆满疲惫的身体似乎想要能量。

吃完再喝口红茶，他终于缓过劲来。

对面的特蕾莎正沉默地大嚼堆在大号餐碟里的香肠、培根、荷包蛋和薯条。早饭就吃这么多，看着都觉得胸闷。

艾米利亚决定不管她，用终于重启的大脑整理起案情。

费迪南德三世与爱娜温遇害，模仿“贤者之石”制作工序的三重密室杀人案。

为何一定要杀害“人类至宝”？为何特意使用嬗变术行凶？归根结底，为何会在这个时间点出事？

不明要素太多，最难解的当属入侵工作室的手段，以及不留痕迹离开的手段。正如特蕾莎刚才的推理，似乎需要考虑入侵路径和逃脱路径未必一致、分属不同现象的情况。现实情况不适用修建密道进出（再堵上密道）的简单解法，只能如此。

关于逃脱路径，刚才的反射炉自杀论不现实却有效，至少逻辑合理。问题是入侵路径。出去时没必要活着，进来时却再怎么样都必须活着。通过垃圾槽和反射炉都不可能入侵那间工作室，用排除法考虑，就只能从正面走“红门”。

但若利用红门，就必须同时攻克白门和黑门。开启红门需要费迪南德三世许可或两名干部批准，白、黑两扇门虽然所有干部以上职员都能开启，白门却有两名保安监视，难度格外高。据克鲁兹探长所言，自前夜祭后费迪南德三世返回工作室至案发，记录和证词均显示所有门都未曾开启……这方面情况，稍后最好向相关人员确认。

“费迪南德三世究竟想干什么？”

正当艾米利亚暗自想下一步计划时，特蕾莎突然低声自言自语。走神的艾米利亚没能及时回话，反问了句“什么？”而特蕾莎并不作答，回了句完全意料之外的话。

“话说，探长刚才的表情可真绝啊。”

“刚才……是您提出反射炉假设的时候？”

“嗯。”特蕾莎愉快地大嚼香肠，“所谓呆若木鸡，说的肯定就是那样。没想到会这么好玩。”

“您这么说，探长很可怜啊……但我也明白他的心情。变成灰逃离工作室这种事，我们凡人可想不到。”

“这笑话很灵吧？”特蕾莎得意地挺起胸膛。

“是啊，”艾米利亚无奈地叹了口气，“如果那句话是认真的，我都要怀疑您不正常了。”

“什么，你发现了啊。”特蕾莎没趣地噘起嘴，“无聊，我还以为你会更吃惊呢。”

费迪南德三世工作室的反射炉能升温到一千五百度左右，但也不至于将人骨完全化为灰烬。因此，假若凶手当真自焚，炉中定会留下没烧尽的骨灰。然而，警察肯定没找到这种东西。

换言之，从来就没人跳进过反射炉。

相比之下，艾米利亚更在意特蕾莎为何提出如此不符实际的假设。

“我无所谓符不符合实际，”特蕾莎果断告诉艾米利亚，似乎话中有话，“只要警察接受，觉得真凶另有其人就行。为了这个，我能编出一两百种假设。”

艾米利亚无言以对，但特蕾莎所言也有道理。既然没有目击者，就没人知道究竟发生了什么，只能靠后来之人提出合理假设。也就是说，只要这种假设保证一定程度的逻辑合理性，就能成为“真相”。事关性命，特蕾莎自然会量产这种妥善的“真相”。

“那么，入侵工作室的路径，您难道也已经……”

“倒不是没有。”特蕾莎大言不惭，仿佛这理所当然，“假如开发部部长和安保部部长是共犯，很容易就能说通。”

“帕克部长和华莱士部长？”突然听到这么一句莫名其妙的话，艾米利亚不知所措，“公司里的人没理由杀博士。顾问炼金术师没了，他们只有损失。”

“动机无所谓，我只是在说逻辑合理。有两个干部就能顺利打开所有门。硬要说障碍，白屋的两个保安是个问题，但他们总不能违抗两个干部，肯定会听命让他们过去，事后装作什么都没看见。至于安保记录，安保部部长肯定能随心所欲地篡改数据。说到底，密室根本就构不成难题。”

“但、但是，嬗变术的问题怎么说？难道他们当中有一个是嬗变术师？”

“也不是不可能，但他们肯定不会干这种后来一查就露馅的事。”特蕾莎果断放弃假设，“大概是从哪儿偷偷带了个口风紧的嬗变术师进来动手。他们有的是钱，嬗变术师里也有人愿意帮忙杀炼金术师。”

艾米利亚一时语塞，却想不出漏洞。如果凶手一开始就是为了嫁祸特蕾莎而邀请她，逻辑刚好可以吻合。而这若是真相，他们如今就是在敌营正中优哉游哉地用餐。

“不过，我不太喜欢这个假设。”

话音未落，特蕾莎满不在乎地推翻了前言。

“涉案人太多了。涉案人越多，真相曝光的概率自然就越高，关联小的人，也就是这两个保安，不知能把口供串得多好，这只会让他们不安。而且，让外面的嬗变术师当共犯这一假设也没说服力。这事搞不好会成为墨丘利公司被一直勒索的弱点，难以想象他们会随便暴露给来路不明的嬗变术师。”

“也就是说，这个假设是空中楼阁？”

“说白了，的确如此，而且太像借口，就算逻辑合理，警察也不会接受。所以否决。”

确实。警察自然不会接受，公司的人也不会承认。

“那么，还有能让他们接受的其他假设吗？”

“现在还没有。我怎么都突破不了最大的瓶颈。”

“最大的瓶颈……果然是三重密室？”

“不——那个不怎么重要。”特蕾莎果断否定，“我之前也说过，完美密室并不存在，既然室内发生案件，就必然有人进出。这是唯一毋庸置疑的事实。所以，就像刚才的涉案人共犯论一样，只要根据观察到的现象建立假设，早晚会找到真相。这些只要有逻辑就能成，问题在不符逻辑的部分。”

“不符逻辑的部分？”

“没错。这起案件有太多不合理之处。”特蕾莎一口吃下叉子上的荷包蛋，竖起食指，“比如，我完全不能理解为什么要特意用嬗变术行凶。既然用了嬗变而来的黄金剑杀害费迪南德三世，凶手当然就只能是嬗变术师或炼金术师。那么，凶手为什么要这样自曝身份？”

艾米利亚同样有此疑问，只是找不到合理的答案，因此一直没提。

“而且，既然凶手的身份如此局限，那就像某人说过的那样，走密道出去就行，没必要专门堵上。那么，凶手为什么会用其他手段逃脱，表演‘不可能犯罪’？”

既然能从犯案手法圈定凶手，表演“不可能犯罪”就毫无意义。毕竟，这对“仅炼金术师、嬗变术师可能行凶”这一前提条件毫无影响。

表演“不可能犯罪”，大多数时候是因为有排除自身嫌疑之类的好处，这次却只是圈定了凶手。说白了，莫名其妙。

“犯案时机也莫名其妙。根本不必是‘现在’。凶手如果是嬗变术师，随时都能打开密道入侵工作室，不用专门选在‘第四神秘’公开典礼的前一天。越多人注目，越难动手，案发后的反应越大，凶手越难逃跑。总之，没好处。”

“会不会一开始就想嫁祸于您？”艾米利亚拼命思考，问道。

“也不是没可能。”特蕾莎轻轻点头，“假如政府嫌我碍眼，为了除掉我设计了一切，相对倒是说得通。毕竟，他们确实已经决定了明天处死我。”

政府阴谋论者似乎会喜欢这番暴论，但其中并无逻辑冲突。

“但这过于依赖偶然性。我只是偶然没有案发时的不在场证明。假如我参加了整个前夜祭，还和社长志气相投，续了第二摊第三摊，就反而有了铁打的不在场证明。如果政府牵涉其中，这桩犯罪应该早就开始精心策划，会更完美地嫁祸于我，而不是走一步看一步，弄成现在这种偶然要素过多的案子。”

“确实。”艾米利亚表示同意。

特蕾莎的话极富逻辑、简单易懂，不容置疑。这恐怕是因为她事先考虑过各种可能性，用最妥当的顺序展开了话题。

“不过……既然事情已经发生，凶手应该有什么好处或理由吧？”

“嗯，肯定有什么意想不到的理由。而且我直觉……那正是弄清凶手的重要一环。‘灵知’是如此引导我的。”

第五章

哲学家之卵

1

两人在一楼前台与社长戴维斯取得联系，成功让他拨了点时间。失去“公司的生命线”费迪南德三世之后，戴维斯眼下想必十分忙碌，却特意为他们空出时间。艾米利亚心情复杂，又感激又惭愧，特蕾莎却不以为意地哼着歌。

两人乘电梯前往顶楼，来到社长室门前。特蕾莎一如往常，向正在等候的貌似秘书的女性送了个秋波，走进房间。

“抱歉，本来该我去找两位的。”戴维斯一脸疲惫地从办公桌走到接待桌，“实在是第一次遇到这么大的问题……事后处理也不容易。”

“谢谢您百忙之中抽出时间。”艾米利亚惭愧地低下头。

“不，不必介怀。”戴维斯微笑着说，“为了破案，我会全力配合。还得让两位替博士报仇雪恨呢。”

“你好像觉得我不是凶手。”特蕾莎随意戳着脖子上的金属，“刚才也站在我这边。”

所谓“刚才”，是她颈上被装炸弹枷具、被勒令今天之内必须找出真凶，否则就接受火刑的时候。案发以来，的确始终不见戴维斯怀疑特蕾莎。按理说，以他的立场，就算痛斥她是杀害公司生命线的费迪南德三世的头号嫌疑人，也没什么好奇怪的。

戴维斯露出被杀了个措手不及的表情，又立刻贴上一脸假笑。

“不知道为什么，我实在不觉得您是凶手。或许是因为我待在费迪南德博士这个伟大的人物身边，对炼金术师的尊敬倍于常人。所以，我相信您绝不会做杀人这种野蛮之事。”

“谢谢，但这话不符合逻辑。”特蕾莎果断反驳，“根据现状，我是凶手的可能性极高，警察也这么想。”

“但嬗变术师也可能行凶吧？硬要说的话，我觉得嬗变术师比炼金术师更有杀害博士的动机。”

“哼……有趣的观点。”

特蕾莎饶有兴趣地鼻子一哼，未经邀请就坐进沙发。戴维斯和艾米利亚也在接待桌边坐下。

“就听你说几句吧。你为什么觉得嬗变术师更有动机？”

“因为妒才。”戴维斯盯着特蕾莎回答，“虽说炼金术和嬗变术都是与生俱来的才能，两者之间却有道绝对无法跨越的巨大沟壑。嬗变术师无论如何都无法实现‘第六神秘·元素变换’，所以才说自己的最终目标是成为炼金术师……但看历史，结果并不理想。”

嬗变术师成为炼金术师，就会出现后天的炼金术师。换言之，就会颠覆“炼金术师同时只有七人”的世界法则。

若能实现，推崇炼金术至上主义的现代社会恐怕会分崩离析，世界将陷入混沌。

但至少现状并非如此。毕竟，尚未确认有嬗变术师成了炼金术师。

“人称嬗变术三大家族的福瑞梅森家、罗森克鲁兹家、斯黛拉玛蒂裘纳家历经数百年也未能抵达‘第六神秘’，嬗变术肯定无论如何也登不上炼金术这一新台阶。我认为，炼金术师的才能就是如此绝对。”

“你是说，嫉妒这种才能的嬗变术师，就可能有动机杀害炼金术师？”特蕾莎确认。

戴维斯认同地点点头。

确实说得通。

两千年前，“神之子”昭示人类，这个世界由“第一原质”这种物质构成，而利用大气中的“第五元素”——名为“以太”的不可见能量干涉“第一原质”，就能自由控制各种物质的状态。

其后，人类开始追求重现“神之子”昭示的“七大神秘”，以此抵达“神域”。约百年前，世上首个成功重现“第六神秘·元素变化”的人，是个对嬗变术一无所知的孩子。

那时，人类终于发现，能够抵达“神域”的并非坚持朴实努力的庸才，而是拥有绝对才能的独一无二的天才。

自此，嬗变术成了炼金术的下位替代品。

所以，有嬗变术师嫉妒炼金术师的绝对才能也不足为怪。虽然艾米利亚从未有过这种想法，不甚理解……

“尤其费迪南德博士是世上掌握最先进技术的炼金术师，刻意选博士作为目标，应该也是妒才这个理由放大后的结果。”

“不过，若是嫉妒才能，连‘第五神秘’都尚未实现的其他炼金术师，也可能嫉妒‘七大神秘’中实现了‘第五神秘’和‘第四神秘’的绝对才能吧？”

“不会。炼金术师身为超越者，不可能有那种想法。”戴维斯付之一笑，“这也是我相信您清白的理由之一。”

艾米利亚感觉戴维斯的话并不自然。听似合理，实则极其主观。达斯汀·戴维斯本该十分冷静理智。虽然接触时间短，但他的言行透露着知性。毕竟他四十多岁就当上这家巨型企业的社长，必定是个老练之人。

他的发言前后一致并无矛盾，反倒引人警惕。但特蕾莎似乎不甚在意，她点点头，接受了戴维斯的话。

“对了，麻烦你告诉我，前夜祭结束到案发期间，你在哪里、做了什么？”

戴维斯大概没想到她会当面询问不在场证明，面露不快，但又立刻恢复冷静，撩撩刘海答道：“前夜祭应该是晚上十点一过结束的。结束之后，我和来宾聊了一会儿。他们都是各地的大人物，我身为新任社长，必须跟他们保持良好的关系。后来，我和帕克部长在会议室开了个会，商量第二天的流程，大概谈了半个小时，然后回这间办公室处理杂事。昨天客人有点多，我没怎么工作。正在做事，帕克部长就汇报了费迪南德博士的死讯，之后，我一直和各位在一起。”

“你回办公室的具体时间是？”

“我记得是晚上十一点多一点。”戴维斯摸着下巴，“秘书已经回去了，很难证明……但其间我接了两三通电话，已经跟警察说过对方是谁，让他们进行确认。”

“嗯，看样子没撒谎。”特蕾莎道出极其失礼的感想，旁若无人地跷起腿，“我问不在场证明只是以防万一，就算你没有，问题也不大……不愧是人才。涉案人之中，你是最清白的。”

“谢、谢谢……”虽然不知这是否是表扬，戴维斯还是道了谢，“可是上校，您怀疑墨丘利的人吗？”

“要说怀不怀疑，我怀疑除我之外的全体人类。”特蕾莎大言不惭，“至少，既然普通人完全没有动机杀害炼金术师，考虑成私仇会比较合理。那么，墨丘利的人就相对可疑了。”

确实，恐怕没几个不法之徒会想杀害集万众尊崇于一身的炼金术师。考虑动机，墨丘利的人当然可疑。

“我稍微想过这个问题。”戴维斯表情严肃，压低声音，“有没有可能是‘异端狩猎’？”

话出意外，特蕾莎眯细双眼。

“异端狩猎”是神秘否定派在十五六年前发起的嬗变术师集体狩猎，一度成为社会问题。凶徒原本只是赛斐拉教会的原教旨主义流派，却因过分神化赫尔墨斯·特利斯墨吉斯忒斯而否定除其以外的所有神秘力量，最终演变成残害嬗变术师和嬗变术研究家。最严重的时期，有一百多名嬗变术师惨遭不幸。

然而，他们当时甚至误杀了赛斐拉教会前任代表、炼金术师缇欧塞贝娅·卢贝多，因此与教会乃至全世界为敌，遭到彻底肃清，很快根绝……这些都是传言。

“这名字可真让人怀念。”特蕾莎应道，声音比平常低，“但我听说，十六年前王女遇害以来，他们被划为危险思想派，已经从世上消失了。”

“表面是这样。”戴维斯老实地点了点头，“但有消息说，他们暗中仍然零星存在，近年又开始活动了。”

“这……不是街头巷尾的传说吗？”特蕾莎一脸认真地问。

“听说，今年春天，南部有嬗变术师死于非命。虽然当作普通盗窃案结案，但过去发生过‘异端狩猎’，行会格外警惕。我和特利斯墨吉斯忒斯的嬗变术师行会有来往，所以知道这些秘密情报。”

“原来如此。也就是说，虽然现在不能确定是模仿犯罪还是残党确信犯[1]，但水面下可能有不安因素在活动。”

“嗯。毕竟王女遇害之后，主犯身份仍然不明。而且，十几年过去，就算又出现相同思想的人，也绝不奇怪……”

“请、请问！”艾米利亚不禁大声插话。两人吓了一跳，都看向他。他立刻明白自己唐突了，但还是立刻切换思维回话，“啊、抱、抱歉。因为完全没听过这种话题……也就是说，社长还有主犯的情报？”艾米利亚压制着失控的心跳问。

“不，还不至于知道那么多。不过，好像有种说法，‘异端狩猎’原本的目标不是嬗变术师，而是炼金术师。这次会不会就是这样？要不然，没法解释费迪南德博士为什么会在这种无人获利的情况下遇害。”

戴维斯若有所思地盯着特蕾莎。特蕾莎沉思片刻，终究还是摇摇头。

“炼金术师本就容易被敌对势力盯上，所以才有很多人接受国家庇护，用国家这种巨大组织当后盾保护自己。费迪南德三世有些特殊……但根本理由都一样。所以，如果要杀炼金术师，就会跟这次一样，特别不符常理……这次的案子，很难想象是盯上炼金术师的‘异端猎人’所为。”

“为、为什么？”

“很简单。”特蕾莎抱起双臂，说得理所当然，“就算不大费周章去杀三重密室里的费迪南德三世，同一栋楼里还有方便下手的我。如果只是想杀炼金术师，杀我不就行了？”

1 由德国的法学者古斯塔夫·拉德布鲁赫所提出的法律用语，指基于道德、宗教、政治上的信仰而实行犯罪的人。——译者注没错，完全没必要在这个难以动手的时间点拼命去杀费迪南德三世。尤其这次还有更好下手的特蕾莎，先解决她即可。换言之，行凶不是为了杀害炼金术师，而是瞄准了费迪南德三世这个明确目标。如此一来，“异端狩猎”的可能性就几乎为零了。

“还有，你刚才说无人获利，但凶手肯定获利了。或许，凶手将费迪南德三世继续存活会造成的未来损失放上天平，最终决定抹杀了他，动机则是我们凭常识想不到的。所以，暂时忽略得失比较明智。”

听了特蕾莎的话，戴维斯双肩耷拉。他的心情不是不能理解。假若“公司生命线”费迪南德遇害不是因为私仇，而是因为“异端狩猎”，他更容易死心，也更容易被大众理解。假若凶手是公司职员，本就因失去炼金术师这一绝对存在而处于危险状态的公司将会更加混乱。

“不过，‘异端狩猎’的情报很有用。如果他们又开始活动，我也必须提高警惕。我没听说过这些，谢了。”

特蕾莎似乎和艾米利亚有同感，难得感谢了戴维斯一句。社长一脸无言以对的神情，只答了句“客气了”。现在这状况，确实高兴不起来。

“对了，有件事想问问你……”特蕾莎端正坐姿，“你自然应该知道费迪南德三世使用‘第四神秘’恢复青春……但你是什么时候知道的？”

“这个……”戴维斯皱起眉头，回忆过去，“大概一年前……博士实验成功后很快就知道了。”

“实验是指‘第四神秘’？”

“嗯……那天，帕克部长紧急叫我……说是博士成功完成了世纪大实验，我就放下工作赶紧跟他一起去了地下工作室。到了一看……工作室里是重返青春的博士和爱娜温小姐。我当时真的很吃惊……还不敬地怀疑那是不是真的费迪南德博士。”

“我明白你的心情，我也一样。”特蕾莎苦笑。

“我一问，博士不仅没生气，反而像恶作剧的孩子一样露出充满自信的笑容，在我眼前将兜里的钢笔变成了黄金，于是我……终于接受了一切。博士成功重现了‘第四神秘’。”

戴维斯眯起眼，回忆着曾经的震撼体验。

“接着，博士详细介绍了爱娜温小姐。我确认了她依靠蒸汽和机械活动，还跟她聊了几句……不得不相信她是由‘灵魂’炼成的赫蒙克鲁斯。普通机械人偶绝对无法那么自然机智地谈话。返老还童、制作赫蒙克鲁斯——居然一次重现了两大奇迹，博士果然是世界第一的天才。”

“原来如此，”特蕾莎用指尖敲着太阳穴，将这一切存进记忆，“顺便问一句，爱娜温一开始就给人那种感觉？”

“是。我觉得爱娜温小姐几乎没变过。博士说，通过‘灵魂炼成’过程中的操作，她一开始就被赋予了一定程度的常识和记忆。当然，她之后也会跟人类一样学习。这项技术如果成熟，就能量产无数优秀的劳动者，像博士将爱娜温小姐当作重要的助手那样……”

戴维斯大概觉得这是无法实现的理想，叹了口气。

“嗯。”

特蕾莎饶有兴趣地低吟一声，果断改变话题。

“对了，费迪南德三世打算在今天的公开典礼上干什么？把你知道的情况告诉我。”

“公开典礼吗？”戴维斯讶异地问。

艾米利亚同样为话题突然转换而疑惑，又想起特蕾莎刚才吃饭时也这么说过。

“我一直在想……费迪南德三世打算怎么向世间公开‘第四神秘’的完全重现。他似乎有所准备，但单靠说明，普通人恐怕理解不了‘灵魂解明’……所以我一开始觉得，这是墨丘利公司对王国的技术牵制。但费迪南德三世似乎另有目的。他到底想干什么？”

特蕾莎问得尖锐。戴维斯歉疚地摇摇头。

“其实，我也不知道详情。”

“你明明是社长啊？”特蕾莎皱起眉。

“说来惭愧，”戴维斯低垂双眼，“我两年前刚从前任社长手上接过公司，还没得到费迪南德博士的充分信任。他似乎会跟前任社长商量很多，却完全不找我聊。然后，他说他想召开‘第四神秘’完全再现的公开典礼，让我安排。”

“这种单方面的命令，你听了？”

“毕竟他说，公开典礼之后，会跟我商量今后如何处理‘第四神秘’……”社长耷下形状端正的眉毛。

“原来如此……所以你唯命是从。”特蕾莎叹息，“那么，没人知道定在今天的公开典礼的详情？”

“这个……”戴维斯摸着下巴沉思，“帕克部长说不定知道点细节。现在的公司职员里，他应该最受博士信任。”

“唔……去探探吧。开发部部长现在在哪儿？”

“这……警察放人之后，他说不舒服，我就让他今天休假了。也难怪，毕竟他和博士接触时间最长……”

“你知道他家地址吗？”

“当然知道。”

戴维斯叫住秘书，让她拿地址簿来。秘书离开办公室又回来，怀里抱着本厚重的档案。戴维斯接过档案，唰唰翻动。

“嗯……在南区，从这儿走过去要半小时左右，我安排车子吧。”戴维斯将住址抄到一张纸上，交给特蕾莎。

“不必。”特蕾莎冷冰冰地拒绝他的好意，“我刚好想在城里逛逛。反正还得问话。”

“是吗……”戴维斯古怪地面露遗憾，“那么，您如果有需要，请随意吩咐附近的人。我通知了公司所有员工，让他们配合您调查。”

“嗯，辛苦了。”特蕾莎不可一世地挺起胸膛，起身离开沙发，“顺便问一句，安保部部长现在在哪儿？”

“华莱士部长应该在安保部办公室。在六十五楼。”

“是吗？谢了。”

特蕾莎简短道了句谢，迈开脚步，艾米利亚跟在后面，途中却被叫住。

“那个，帕拉塞尔苏斯上校！”

“怎么？”特蕾莎驻足回头，“还有什么事？”

“这话不知当不当讲……”戴维斯表情阴沉得古怪，似乎有口难开，“其实……两位戴的枷具是半成品，运转不稳定，最坏的情况是，可能在特利斯墨吉斯忒斯之内也会莫名其妙爆炸。如果二位感到不安，请尽管告诉我，我负责帮两位取下来。”

“可是，这会让警察和王国高层不高兴吧？”艾米利亚率直地问。

“是。”戴维斯点点头，不知为何，模样充满自信，“但帕拉塞尔苏斯上校的生命更有价值。如果跟国家作对就能保护上校，我们甘愿成为您的盾牌。”

“心领了。”特蕾莎拒绝了这具有诱惑性的建议，“我好歹也是忧虑着王国未来的军人，不会为了活命而不惜扰乱国内情势。”

特蕾莎言不由衷地说完，再次背对戴维斯迈开脚步。

“若您改变心意，还请随时吩咐。”

走出办公室之前，艾米利亚又回头看了一眼。

他没来由地觉得，戴维斯凝视特蕾莎背影时露出的微笑意味深长。

2

安保部办公室里，安保部部长艾扎克·华莱士正专心致志地举着巨大的哑铃。他脱了西装，身穿背心，毫不吝惜地露出偾张的肌肉。

艾米利亚还在犹豫怎么打招呼，他已经看见他俩，停下双臂。

“帕拉塞尔苏斯上校，施瓦兹德芬少尉，见笑了！”

他声音洪亮却面露倦容，一改昨晚之前黝黑健壮、精力充沛的形象，显出符合年龄的疲惫气质。

“不活动身体，总觉得很烦躁……不过，想事情时果然得练肌肉！两位也一起来怎么样？”

“不，我就不用了。”艾米利亚慎重拒绝，“抱歉打扰您休息了，如果不方便，我们稍后再来。”

“哪有不方便？如果能帮上忙，我全力配合！”

华莱士快活地笑着，看不出是迫于社长的命令而配合。这个男人略有些缺乏社会人的自觉，部分措辞很奇怪，还会在公共场合叫同事“先生”，但他严肃诚实，让人颇具好感。机会正好，艾米利亚问：“说来失礼，但您不觉得上校是凶手吗？”

“帕拉塞尔苏斯上校是凶手？怎么可能！”华莱士大笑，“做这种事，上校又没好处。墨丘利是亚斯塔禄王国宝贵的钱包，杀害费迪南德博士，等于把这个钱包扔进阴沟。这样一来，国家财政倾斜，最先削减的就是实利微薄的炼金术研究的预算。上校不可能做这种蠢事！所以说有谁设套陷害上校和墨丘利才比较合理！”

他从未曾设想的角度指出问题，艾米利亚略感惊讶。炼金术师的存在确实导致墨丘利政治立场微妙，但金钱问题才最为绝对。多亏有费迪南德三世，王国才能向墨丘利公司征收巨额税金，不可能有人贸然破坏眼下的稳定格局。

“还以为你只是四肢发达，没想到头脑也挺灵活。”特蕾莎带着隐约的喜色插嘴，“你刚才说想事情，究竟在想什么？”

对过分的提问，华莱士却并不介怀，苦笑着回答：“其实，我一直在想凶手是怎么入侵博士工作室的……理论上不可能啊。”

“你是说三重密室啊。”特蕾莎抱起双臂，“我正好想问这个。你身为安保部老大，觉得工作室安保怎么样？”

“万无一失。”华莱士自信十足地点头，“第一道黑门、第二道白门和第三道红门——外人单独攻克一道尚且困难，何况三道。连世界第一大盗都不可能入侵。”

“但实际就是被入侵了。”特蕾莎毫不留情地指出。

“是啊……”华莱士无力地耷拉双肩，“真没法理解。除了用嬗变术制造密道进出，还有什么可能？我想都想不到。我查过三道门的认证记录，前夜祭之后，除了博士和爱娜温小姐，只有我们进过工作室。论道理，就该我们是凶手……”

自然，当时进入费迪南德三世工作室的他们并非凶手。

艾米利亚在脑中整理思绪。

晦暗的走廊里，在地下电梯前方约二十米有黑门挡着，门后常年有两名保安待命的白屋和房间深处的白门，再往前，是长约五米的走廊和红门。

如果案发前后只有艾米利亚一行通过所有门扉……那凶手究竟是如何进出现场的？

“顺便问一句，通往白屋和黑门的走廊上，没有连接外界的通道吗？”特蕾莎用食指点着下巴。

“没有。”华莱士立刻回答，“白屋虽然有个给保安休息的小房间，但里面有厕所，哪儿都不连着外面，安保很完善。”

“在那间白屋子傻站一整天恐怕会疯。”特蕾莎鼻子一哼，“对了，前夜祭结束到案发期间，你在哪儿？在干什么？”

“我跟警察也说过……前夜祭之后，我回到这间办公室，跟几个部下最后确认了一次当天的警备计划，大概持续到零点十五分，但我不记得具体时间。部下的名字和住址已经告诉了警察，他们应该已经确认到情况了。后来，我正想回家，就接到了那通警报。大概是这样。”

“犯罪时间最多不到二十分钟……加上从这里往返地下的时间，你好像不可能行凶。”特蕾莎好像本来就不怎么怀疑他，干脆地说完，未经许可就坐上办公椅，跷起二郎腿。

“我更想问，那通紧急警报究竟为什么会响？”

“那……”华莱士莫名语塞，但又立刻稳定心绪，深深叹了口气，继续道，“恐怕……是因为剑。”

“剑？”艾米利亚不解。

“嗯，我跟警察只说了那是普通的警报装置……但跟两位还是说实话吧。你们可能已经发现了，三重安保与其说是保护博士安全的设备，不如说是将博士留在公司里的监牢。”

“这点小事……我已经发现了。”特蕾莎含糊地点点头，“恐怕，公司将费迪南德三世原本为保护自身安全而设计的安保用作了监牢。这有什么问题？”

“其实我们早就意识到，就算有三重安保，炼金术师只要用炼金术在地板和墙壁钻洞，同样能逃跑。”华莱士眯细双眼回忆，“博士设计的安保不能将他彻底关在工作室里，因此，我们引入了那套警报装置。”

“那套警报装置……也就是用警报声通知异常的安保啊。说到底，它的启动条件究竟是什么？”

“墙壁、地板、天花板遭到物理破坏。”

听了华莱士的话，特蕾莎开心地打了个响指。

“原来如此！也就是说，是防止他用炼金术在墙上钻洞逃跑的保险啊！”

“说白了就是这样。”华莱士点点头，隐约有些愧疚，“警报装置启动，大概是因为那把黄金剑插进墙里了。公司本来就因为将‘人类至宝’据为己有而饱受批判……我想尽量隐藏可能成为导火索的问题，所以没告诉警察。可是，就结果而言，装置的确是作为警报启动的，我没说谎。”

华莱士的心情不是不能理解，但他明哲保身的态度却让艾米利亚有些气恼。

“那为什么要骗我们说炼金术失控了？”

艾米利亚话中带刺，华莱士擦着冷汗回答。

“如果博士真跑了，可能会用炼金术攻击我们，到时候，我们无力抗衡……就……虽然很抱歉，我就和帕克先生商量，说只能借助帕拉塞尔苏斯上校的力量……”

他的巧言辩解令艾米利亚感到不快。华莱士似乎察觉情况不妙，赶紧挥着双手补充。

“当、当然，我们也害怕真的是炼金术失控！炼金术失控破坏室内设施，警报装置自然也会启动……”

“原来如此。”不同于艾米利亚，特蕾莎似乎完全没有因为被利用而发怒。她手托下巴，自言自语般喃喃：“可这样一来，挖密道进出的假设就越来越可疑了。照你刚才所说，警报在凶手利用密道进入工作室的瞬间就会响，凶手根本顾不上杀害费迪南德三世，费迪南德三世察觉异变也会全力应战，更杀不掉了。”

特蕾莎抱着双臂点了好几次头，重新面向华莱士。

“警报装置的启动条件只限工作室内？”

“和红门之间的走廊也在范围内。”华莱士再次擦着冷汗回答，“因为，博士可以自由前往这条走廊……”

“顺便问一句，费迪南德三世知道这套警报装置吗？”

“当然知道。我等凡人不可能骗过博士那般天才，所有设备都是在得到允许后安装的。”

艾米利亚在头脑中整理华莱士的话。

他的证词看似不会影响大局，实则意外重要。

至少几乎可以确定，凶手入侵时并未使用嬗变术制造的密道。迄今只是没有发现嬗变痕，可能性并非为零——这番证言却摧毁了这微弱的希望。

此事甚至没有告诉警察，恐怕只有干部以上级别的人知道。如今重点在于，警报是被人故意拉响，还是偶然响起？

凶手若是外人，自然无从知道警报的存在。在杀害费迪南德三世的瞬间突然听到警报，他恐怕会慌乱逃离现场。

相反，假如凶手是干部级别的内部人员，他当然就知道警报的存在，启动警报也就成了有意为之。换言之，凶手希望费迪南德三世的尸体尽快被发现。理由……尚且无从考证，但应该不只是为了制造不在场证明。如果只是想要不在场证明，有的是其他手段。

“对了，有件事我很好奇。”特蕾莎突然改变话题，“那座反射炉的排气管和垃圾槽是通到哪儿的？”

“排气管和垃圾槽吗？”华莱士重复道，好像没料到这个问题，“嗯……排气管中途和其他管道汇合，通往处理机，在那里经过若干处理后，管内空气会排进大气。垃圾槽通往地下更深处的废弃物收集场。这栋楼里的所有废弃物都在那里集中，每天早上六点由收集车运往北边的废弃物处理厂。”

“今天也一样？”

“当然。收集场空间不算大，一天不运，垃圾就塞满了。”

特蕾莎漫不经心的提问让艾米利亚暗自疑惑。排气管也好，垃圾槽也罢，既然成不了逃离工作室的路径，他觉得问题本身就没有意义。

办公室电话突然响起。华莱士道了句“失礼”，接起电话。艾米利亚本以为是关于工作的电话，华莱士却在中途瞥了他们一眼。看样子通话跟案件有关。华莱士放下听筒，再次面向他们。

“是探长打来的，说这座城市的嬗变术师名单已经做好交给前台了，让两位去取。”

“哦，来得正好。”特蕾莎开心地起身离开椅子，“本来还想问问保安，之后再说吧。走，艾米利亚，我们只剩半天命了。”

特蕾莎自说自话地快步离开办公室。艾米利亚只好低头向华莱士道谢。

“谢谢您百忙之中配合我们，也谢谢您说出实情。”

“这……真的给两位添麻烦了……”华莱士歉疚地欠了欠身。

“您言重了。”艾米利亚苦笑着，心情多少有些复杂，“公司这么大，在全世界又有几千名职员，为了公司，优先控制炼金术师也是不得已。当时情况确实也危险。不论如何，解开所有谜团，我们就能活命。您不用太介意。”

“喂，艾米利亚，快点！”先行离开的特蕾莎大喊。

再不走又要被抱怨了，艾米利亚道句“告辞”，小跑追上特蕾莎。

3

心情郁闷，天空却晴朗得万里无云。春日太阳高挂天空，正向地面泼洒猛烈如夏的直射日光。湖上湿度颇高，穿军装实在闷热，艾米利亚和特蕾莎都脱下外套，身穿衬衫走在特利斯墨吉斯忒斯的主路上。

“哦，有人摆摊，正好，午饭就在附近随便吃点吧。”特蕾莎抬高声调，饶有兴趣地说。

“我没什么食欲。”艾米利亚回答，多少有点不耐烦。

“什么啊，艾米利亚小弟，你真是跟外表一样单纯。以后的事想也没用，你就当脖子上这玩意儿是最新饰品，感觉还挺帅的哦。”

特蕾莎指着颈上戴的金属枷具，毫无危机感地笑了。艾米利亚知道不能跟这位长官比心态，敷衍一下，改变了话题。

“明明是世界第一的蒸汽城，这么一看，街上跟王都也没什么区别啊。”

“技术和文化未必同时发展。”特蕾莎带着博学的表情环视街景，“人类这种生物出奇地保守，可能害怕太大的进步。”

墨丘利公司总部是水泥大楼，城里却多是古旧的石造建筑，主干道之外的道路也是石路。论成本和加工繁易程度，水泥肯定略胜一筹，然而，哪怕身处世上最先进的水上城市，居民大概也希望跟在地面一样生活。

艾米利亚深吸一口气，清空思绪。湿气充足的温暖空气让他心情畅快了点。

“行会有三个嬗变术师……先找谁？”艾米利亚看着先前在前台拿到的写有姓名、住所的名单，问道。

“这个嘛，”特蕾莎越过他肩头盯着那张名单，“我爱把喜欢的东西留到最后，所以，唯一一个女嬗变术师留到最后，其他随你便。”

她跟平常一样忠于欲望，艾米利亚很无语。不过，想到最后反正全都得问，先后顺序根本无所谓，他振作精神，走向离现在位置最近的地方。

沿远离大道的晦暗小巷行走片刻，就到了名单上写的地址之一。这是座石造小独栋，略显肮脏的门牌上刻着“奥斯卡·温切斯特”，看来这就是名单所载嬗变术师的家。两人穿过肆意生长的杂草来到门前，艾米利亚敲响房门。最初完全听不到回应，敲第三次才有点动静。门总算开了。

“啊？你们干啥的？”

现身的是位随意蓄着胡须的六旬老人。他头顶秃得彻底，两侧仅存的头发也白透了，红脸矮个子，散发着酒臭。艾米利亚努力忍着不皱眉。

“抱歉突然登门，我们是国军队情报局的人。您是嬗变术师温切斯特先生吧？”

此情此景，暴露特蕾莎的炼金术师身份实在不妙，情急之下，艾米利亚模糊了身份。老人面露讶异，呼着酒臭回答：“咱就是嬗变术师温切斯特，军爷找咱有啥事儿？”

“其实，特利斯墨吉斯忒斯出了件跟嬗变术有关的事……我们从王都过来调查。”

艾米利亚信口开河。费迪南德三世之死尚未公开，他想不出更好的借口。

“抱歉突然打扰，我们想问——”

“别含糊不清的，艾米利亚。”特蕾莎打断他的话，面朝老人，表情意外认真。

“我是国军队特务机关‘阿尔卡黑斯特’的炼金术师特蕾莎·帕拉塞尔苏斯上校。昨天深夜，墨丘利公司的炼金术师费迪南德三世遭人杀害，从现场情况来看，凶手很可能是嬗变术师。因此，告诉我你昨晚在哪儿干什么。”

特蕾莎开门见山亮明一切，艾米利亚瞪圆双眼。嬗变术师更加吃惊，盯特蕾莎盯得眼球好似要脱眶。

“费迪南德三世大师……过世了？”

“你们见过？”特蕾莎惊讶地问。

“嗯，就一回。”温切斯特伤心地垂下眼眸，绷紧因醉意而松弛的面孔，继续道，“先进屋吧，在这儿不知会叫谁听见。”

他们走进老人家中。

室内比特蕾莎的实验室更乱，不仅是书籍和实验器材，垃圾和酒瓶也四处散落，充满污臭、腐臭和酒精交杂而成的难言气息。艾米利亚不禁皱起眉头，特蕾莎却不以为意，饶有兴趣地环视晦暗的室内。

温切斯特坐进唯一一张安乐椅，结结巴巴地说：“已经……二十多年了。咱代表行会参加墨丘利公司主办的派对……咱那会儿靠嬗变术研究出了名，但又碰了壁，萎靡不振的。就那关头，咱跟费迪南德大师聊了聊，饱受震撼。”

老人追忆着昔日荣光，带着大彻大悟的柔和表情说。

“咱想，啊，这就是真正的天才吗？他让咱知道，咱这种庸才的烦恼实在不值一提。费迪南德大师没有看不起咱这种庸才嬗变术师，反而真挚倾听咱的研究烦恼，甚至给了确切的建议……你们能想象咱当时的心情吗？”

突然听到提问，艾米利亚困惑地摇摇头。特蕾莎双臂抱胸，替他回答：“这个嘛，肯定觉得见到神了吧。”

“正是。”温切斯特用力点头，“那个瞬间，咱的确见到了神。费迪南德大师体现了人智不可及的神之睿智，正是神明本身。后来，咱完全倾心于那位年龄与自己相差无几的天才……”

恐怕超越倾心，已经到了崇拜的地步。老人一脸悲伤，仿佛到了世界末日。

“因此，费迪南德大师过世了……咱只觉得绝望。那位伟人……究竟为什么……”

“我明白你的心情。”特蕾莎难得同情别人，“我们探查真相，也是为了这个。若你真心哀悼费迪南德三世，请务必协助我们。”

“自然，咱会尽力帮忙。”老人斗志昂扬地点点头，又立刻垂下脑袋，“不过，咱昨天早早就在这屋里喝酒睡觉，究竟能帮什么……”

特蕾莎按住温切斯特的肩膀，扶他直起身，盯着他眼睛问：“比如，你最近有没有听说过什么危险的传闻？关于费迪南德三世的也行，关于墨丘利的也行。”

“不巧，咱喜欢一个人窝在屋里研究……没什么像样的人际关系。这城里当然有人说费迪南德大师和墨丘利的坏话，但都是暗中中伤或谣言……没啥有用的……”

“唔。那么，老人家，你跟这事毫无关系？”

特蕾莎问。她一脸认真，仿佛要看透年龄数倍于自己的老人的本性。

“嗯，咱向神发誓。”老人坚定断言。

两人视线交会，彼此凝视。片刻后，特蕾莎放松表情，松开按住温切斯特肩膀的手。

“原来如此，你好像没说谎。抱歉打扰你休息了，我们这就走。”

特蕾莎不等回答就转身迈步，还是老样子，任意妄为得过分。

“且、且慢！”

就在此时，老人却叫住了她。特蕾莎停下脚步，只转过头。

“炼金术师阁下……您真想找出杀害费迪南德大师的凶手？”

“当然。否则我就得背上所有黑锅，被处以死刑。”

“是、是吗……那咱在背后声援您。请务必为费迪南德大师报仇雪恨！”

特蕾莎坚定地回应了温切斯特悲切的愿望。

“嗯，我答应你。”

“还有，如果要在城里收集情报，建议您别靠近贫民窟。那边有很多痛恨墨丘利的流浪汉。”

“贫民窟在哪儿？”特蕾莎问。

“北边有个废弃物处理厂，周围臭不可闻，很少有人接近，就成了流浪汉的聚集地。小偷也很多。您得小心。”

“是吗？非常感谢。”特蕾莎道了谢，难得露出静谧的笑容，“可是老人家，照你所说，你还远不到执意隐居的年纪，而是应该继续自己的研究，就当继承费迪南德三世的事业。说不定，你可以实现嬗变术的夙愿‘第六神秘’。”

特蕾莎再次迈开脚步，走向门外。

“他的话能当真吗？”走出小屋时，艾米利亚抬头看着特蕾莎问。

“我没全部当真。”特蕾莎眯起眼睛，“不过，他对费迪南德三世的尊崇货真价实，至少，他不太可能是凶手。”

话只有这一句。说完，她胳膊上挂着外套，双手插进裤兜，走开了。艾米利亚的腿比她短，要走得快一些才能跟上，但他还是毫无怨言地迈着步。

两人沉默地走了一会儿，特蕾莎突然开口：“对了，艾米利亚。”

“怎么？”

“你好像嬗变术造诣很深啊。”

“算不上造诣很深……知识多少比普通人丰富点。”

“但不能真正使用嬗变术。”

“是。”

“这究竟是什么心态？”

不是平时鄙视人的腔调，而是顾虑艾米利亚的语气。特蕾莎继续道：“我不是刺激你，也不是小看你，只是……纯粹的疑问。炼金术师的目标是重现‘七大神秘’接近神，嬗变术师的目标则是实现‘第六神秘·元素变换’，成为炼金术师。这是他们各自学习炼金术师和嬗变术师的目的。可是，炼金术和嬗变术都受天生才能左右，无法感知‘以太’的人，无论如何都用不了。这你应该早就知道。既然如此……你当初为什么想学嬗变术？明明你再努力都不会有任何成就……为什么会学嬗变术？我不明白。”

意外的问题。

当初为什么想学嬗变术——这是接近艾米利亚本质的提问。

他想随便说两句蒙混过关，又觉得回答应该要配得上这真挚的提问，苦笑着答道：“我母亲是嬗变术师，而且相当有名，所以，我的前途很被看好，自小就学习嬗变术。但我没有才能，辜负母亲和周围人的期待，觉得很抱歉。就在这时，母亲突然因意外去世，我连道别的时间都没有，我备受打击。所以，为了怀念在天国的母亲，我学了嬗变术，哪怕我没有才能。”

一时沉默。种种思绪在意识深处来来去去。白色水鸟成群掠过头顶，影子霎时遮蔽阳光。

话已出口，艾米利亚发现气氛沉闷，慌忙补充："对不起，这种故事很无聊吧。嗯，总之，我学嬗变术的理由就是这么丧气，该说是念旧还是丢人呢……"

"才不……丢人……"

瓮声瓮气的回答。艾米利亚诧异地收回视线，只见泪水大颗大颗地溢出此前桀骜不驯无所畏惧的特蕾莎的漆黑双眸。

"欸……这……欸？"

由于太过惊讶，艾米利亚慌了。眼前的炼金术师不掩呜咽，带着哭腔说："没、没什么好丢人的……你是优秀的……嬗变术师！"

"不，都说我用不了嬗变术……"

"我终于发现了……嬗变术师不在于能否使用嬗变术，而在于信念……你思念曾是伟大嬗变术师的亡母，为继承她的遗志而学习嬗变术……已经是优秀的嬗变术师了！挺起……挺起胸膛来！"

她好像在说动人的话，但艾米利亚感到莫名其妙。

对方越激动，自己反而越冷静。由于这种麻烦的性格，艾米利亚镇静得自己都吃惊。他回话："这只是诡辩吧？用不了嬗变术，我觉得就不能叫嬗变术师。"

"你怎么那么冷静？！我好不容易在感动，别泼冷水！"

"别随便为别人的往事感动，我很困扰。"

"你是没血没泪的恶魔吗？！"

回想起来，自军校时期开始，就有人出言不逊，说他对同学冷漠、没有人情味，是个暗黑人类。如今特蕾莎又这么说，他稍微反省了一下。

4

下一个嬗变术师是名叫罗根·布朗的中年男性。这个男人板着脸，长着一对暴躁的浓眉，方脸，戴厚底眼镜，明显因两人的来访感到不快。然而，一听到费迪南德三世的死讯，他突然来了兴趣，请他们进屋。

不同于刚才的温切斯特老先生，他衣冠楚楚，屋子是栋美轮美奂的砖楼，给人一种富裕的印象。走进家门，貌似他夫人的中年女性并未介意两人唐突登门，反而热情地予以招待。他们直接被带到客厅。里面的家具看起来也很高级，但摆放井井有条，让人心生好感。

“很多话在门口不方便讲，在这儿就不用顾忌别人了。两位详细说说吧。”

罗根·布朗窝进单人沙发，拿着烟斗吞云吐雾，看向艾米利亚和特蕾莎。他们坐进他对面的双人沙发，主要由艾米利亚简单说明了案情概要。中途，布朗夫人端来红茶和饼干。在艾米利亚说明期间，特蕾莎像小孩一样快活地大嚼饼干。

艾米利亚隐藏了若干涉及机密事项的内容，最后总结：他们必须洗清炼金术师特蕾莎的嫌疑，因此正在查案。

“原来如此，实在有趣。”布朗抬头呼出一口烟雾，意味深长地笑道，“但看样子，墨丘利什么都没告诉你们。一年前，我还是墨丘利的顾问嬗变术师。”

“第一次听说。”艾米利亚惊道，“您在墨丘利做过什么？”

“我其实签了离职时绝不外泄任何工作内容的誓约书，但此事非同寻常，涉及伟大炼金术师阁下的谋杀案，我也无可奈何。”

布朗心情莫名大好，再度呼出一口烟雾。

“我本来是行会登记在册的本城嬗变术师之一。应该是十年前吧，墨丘利突然说想要个嬗变术相关研究的顾问，我就成了外部合作者。”

“嬗变术相关研究？他们明明有炼金术师费迪南德三世啊？”

“那位鼎鼎大名的炼金术师阁下一味执着于自己的研究，似乎完全不管其他杂事。活儿就这么落到了我身上。人不可貌相，我是三大家族之一——福瑞梅森家的远亲，血统很优秀。”

布朗骄傲地来回看着艾米利亚和特蕾莎。

这个男人意图成谜。他为什么会如此轻易地说出他们并未打听的秘密情报？

艾米利亚相当紧张。布朗立刻在鼻子里哼了一声。

“不用那么警惕。硬要说的话，我想给墨丘利找碴。我会知无不言的。”

“找碴？”艾米利亚皱眉。

“一年前，他们突然单方面终止了合同。大概是找到比我更好使的合作者了。当时虽然赔了很多违约金，但说到底，我讨厌那家公司，讨厌炼金术师。”布朗狡黠地笑着，喝了口红茶。

“啊，对了对了，你们现在戴在脖子上的枷具，基本设计是我做的。我设计得很完美，不管炼金术师还是谁，不走正规流程就绝对打不开。强行摘掉会爆炸，还能远程操作让人触电，剥夺身体自由。”

布朗意味深长地看着特蕾莎。他若讨厌炼金术师，想必很享受她戴着自己手制炸弹的现状。然而——

“是吗？谢了！”

不知为何，特蕾莎没头没脑地心情大好，握住布朗的双手。事出突然，布朗一下没了气势。

“多亏你做了这个枷具，我才能自由行动！要是没有它，我现在就在牢里了！你算是我的救命恩人啊！谢了！”

反应实在出乎意料，布朗困惑地看向艾米利亚。说实话，这种状况下接到求助信号也很为难。他轻轻摇摇头。

观点虽然极其荒诞，但也不是不能说这副枷具延长了他们的生命。至少，特蕾莎确实没把它当作危机。

布朗不明白她为何会对恶意与敌意毕露的自己报以好意，面露困惑，但突然又想开了，挑起嘴角笑道：“没想到炼金术师这么好玩。我第一次见到真人，真是有趣。我之前还以为你们都是些只想在才能里溺死的讨厌家伙，这下不得不改观了啊。”

“您没见过费迪南德博士吗？”艾米利亚插话。

“没有。”布朗毫不犹豫地回答，“费迪南德三世以前好像也会在墨丘利公司举办的派对上露脸，最近十年却不再参加这种对外活动，一直窝在地窖做研究。我刚好是那段时期受聘的，虽然是公司的人，却没机会见他。当然，也没兴趣见。”

布朗大言不惭。

温切斯特老先生说大约二十年前见过费迪南德三世。换言之，其后再过十年，费迪南德三世就彻底断绝了与外界的接触。是有什么心境变化吗……艾米利亚无从想象。

“而且，我在内外都听过很多丑闻，说实话，费迪南德三世被杀，我不怎么意外。”

他的话语漫不经心，却与迄今听闻的对费迪南德三世的评价截然不同。艾米利亚有些困惑。

“有他跟人结仇的传闻吗？”

“多的是。”布朗喝口红茶润嗓，继续道，“他以前好像是个君子，近年却成了为研究炼金术不择手段的疯子炼金术师，风评变差了。”

这番评价完全出乎艾米利亚意料。他见过费迪南德三世，认为对方虽然脱离常规，却是位理性的绅士。

“具体是什么传闻？”

“这个嘛，”布朗摸着嘴角，盯着虚空，像在搜寻记忆，“比如大量侵吞公司预算，比如社长一直对他唯命是从、公司已经成了他的私有物。丑闻很多，但最严重的……果然是人体实验。”

“人体实验？”

“嗯，说是为了‘第四神秘·灵魂解明’，把流浪汉聚集到工作室做人体实验。”

艾米利亚惊得语塞。

“这只是传闻吧？”

“不，虽然我没见过，但有人见过流浪汉被带去工作室。有人去了又回来，因为被下了某种药，记忆模糊，不知道自己在里面经历了什么。也有人去了就没回来。”

“这不已经是案件了吗？”人体实验是绝对不被允许的。

“但没证据。”布朗不快地鼻子一哼，“没人知道没回来的人是怎么回事，说到底，贫民窟的人连户口都疑点重重。就算有谁虏了人在那座水泥城堡地底切成碎片，居民也不会在意。墨丘利公司就是这种魔法装置般的存在。”

艾米利亚沉默不语。毕竟，他无法否定之前友好接待自己的墨丘利公司其实有违背伦理观的可能性。那么大的企业，总会有一两件见不得人的事，但人体实验……实在出乎意料。然而，要解明“第四神秘”，实际解析“灵魂”明显是最快的捷径。倘若“第四神秘”是在大量牺牲的基础上重现的……赞扬费迪南德三世功绩、盛赞爱娜温的特蕾莎会怎么想？

他悄悄观察特蕾莎，她却并不激动，一如往常。对炼金术师来说，凡夫俗子的性命果然不足为道吗？

“有点难以置信啊。”特蕾莎喃喃，“假如公司全体掩藏着这么严重的事实，警察和军方再怎么都会行动。”

“不是公司全体。”布朗似乎料到有此一问，答道，“墨丘利表面是个干净公司，城里大半居民都这么想。这肯定只是费迪南德三世的个人行为，社长并不知情。我猜是跟他关系近的人在斡旋实验体，大概是开发部部长。”

假如此事属实，实在卑劣至极。艾米利亚大为愤慨。

“如果真有牺牲者，贫民窟的人将丑闻扩散开的话……”

“就没法继续待在这儿了。贫民窟净是些被赶出其他地方、流亡到这座新兴城市的人。他们极端害怕居所被夺走。如果被墨丘利盯上、赶出这座城市，就再没有地方可以去了。为了不遭这种罪，哪怕多少有些不满，他们也会视而不见。人类未必活得合理。年轻的军人，你或许不明白。”

嬗变术师的语气难以形容，像批判又像教导。艾米利亚无法反驳。

“欺负我的部下也别太狠。他这把年纪了还一个恋人都没有，是个严肃的小家伙。”

特蕾莎恐怕完全没意识到自己说得多过分。不过，火花四溅的气氛因此缓和，艾米利亚略有些感谢她。

“这些情报确实有趣，但好像对破案没什么帮助。”特蕾莎盯着布朗，再次问，“你昨晚在哪儿、干什么？”

“要问所谓不在场证明？”布朗愉悦一笑，“昨晚我和妻子在家。家人好像不能当证人。很遗憾，我没有不在场证明。”

“那么，你恨费迪南德博士恨得想杀他吗？”

“怎么可能？”布朗叹着气回答，“说白了，我没兴趣。炼金术师和嬗变术师完全是不同的生物，只要不给我造成实际伤害，我才不管他们在哪儿干什么。你也不例外。管你是因为杀害费迪南德三世的嫌疑被处刑，还是试图逃出这座城被炸死，都跟我无关。”

布朗缓缓吐出一口烟，卑劣地笑了。

5

午后的主干道边摆满路边摊，很是热闹。干道似乎限制车辆进入，专为行人开放。

天气晴朗，和家人一起逛街的人也很多。今天是休息日，不少人为费迪南德三世的“第四神秘”公开典礼空出了时间，因此，到处都能听见惋惜典礼中止的声音。

消息目前似乎还捂得很严。不知费迪南德三世之死这个特大新闻能瞒到什么时候，但愿能在市民大闹之前破案……

艾米利亚瞥了眼身边的特蕾莎，只见她正津津有味地嚼着从路边摊买来的带骨烤鸡腿，脸上充满幸福，怎么看都不像明早就要接受死刑的人。

或许，她只是在尽情享受所剩无几的时间……但她既然是特蕾莎·帕拉塞尔苏斯，产生那种崇高想法的可能性便无限接近于零。

肯定只是单纯觉得烤鸡好吃。年龄不小了，情绪表达还这么激烈。

“怎么了，艾米利亚小弟！不吃吗？肉很不错哦！”

“不，我就算了。”

看着特蕾莎手中高举的巨大鸡腿，艾米利亚一阵反胃，喝了口柠檬水。清爽碳酸掠过喉咙，瞬间带来些微凉意。他还是没食欲，这样刚好。

“您还真能吃，早饭吃了那么多，刚在布朗先生家又吃了那么多饼干……”

一眼看去，特蕾莎是女性中的高个儿，但她身材纤细瘦弱，不像食量大的人。

“我的脑细胞总在消耗庞大的能量，不多吃点不行！”特蕾莎嚼着肉块回答，“要我说，反倒是你吃得太少了！青春年华的男孩子，对食物和女孩都该饥渴一点！”

“您太多管闲事了。”艾米利亚实在不耐烦，随便敷衍了一句。同学从军校时期开始就拿这些打趣他，他已经受够了。

“别说这个了……布朗先生说的那些，您怎么看？”

“嗯？”特蕾莎似乎已经彻底被肉夺去心智，傻乎乎地回答，“啊，刚才那个。没什么特别的……之后反正要找开发部部长问话，到时确认就行了。顾问嬗变术师那事倒是很有意思。”

“您不好奇吗？”艾米利亚下定决心问。

“你说人体实验？感觉跟案子和诡计都无关，说实话，我没兴趣，只觉得很低级。”

反应平淡，艾米利亚略感不满。但特蕾莎至少觉得人体实验低级，似乎具备正常伦理。艾米利亚暗自松了口气。

特蕾莎迅速搞定烤鸡，又开始东游西逛地物色摊位。艾米利亚觉得总跟着她也不对劲，于是坐在附近长椅上休息，靠着椅背仰望天空。

悠闲的时间。热闹的喧嚣，温度适宜的阳光，久未喝过的柠檬水让紧绷的意识稍微放松了。过于不寻常的事件连续不断发生，他差点忘记生活本来的姿态，而它就在这里。

短暂的片刻，艾米利亚安详地看着人们，视野角落突然映出一个哭泣小孩的身影。这个五岁左右的男孩坐在路边，哭得上气不接下气。艾米利亚站起来，走过去。他还没来得及出声，一名路过的年轻女性已经叫住男孩："你怎么了？"

她蹲下来，与他视线相交。男孩看见她，断断续续地回答："坏了……"

他递出手里小心握着的东西。是个小木偶，看样子，胳膊部分折断了，可能是摔坏的。

女性立刻明白，对男孩温柔微笑道："这样啊，你心爱的木偶坏了。"

男孩点点头。

"没关系，不严重，姐姐就能修好。"

女性伸手盖住坏掉的木偶。光芒凭空流泻。

艾米利亚倒吸一口凉气，这明显是超常现象。男孩诧异地歪着脑袋。不久，光芒减弱，女性"呼"地叹了口气。

不知何时，男孩手中损坏的人偶胳膊接好了，仿佛什么都没发生过。

"哇！"男孩快乐地大叫，两眼放光地仰视女性，"大姐姐，谢谢你！"

“别客气。”女性柔和地微笑，摸摸男孩的头，“不过，不管多么珍惜，‘物品’总有一天会坏掉。这可能很悲伤，但却是现实。所以，你今后要好好珍惜它，不要留下遗憾哦。”

这番话对小孩来说有些晦涩，但男孩还是果断地应了声“嗯！”跑进人群之中。

随后，女性终于发现呆立一旁的艾米利亚。她慌忙环视四周，确认注意到自己的只有艾米利亚，快步走到他旁边。

“刚才那些，您难道看见了？”

“欸……嗯，是。”

突然有女性靠近，艾米利亚慌张失措，点了点头。

女性二十到二十五岁，眼角微微下垂，气质柔和，披肩栗色卷发显出成熟气质，脸上却稚气未脱，是位跟特蕾莎完全不同类型的美女。

距离近得能闻到微微甜香。艾米利亚不习惯与女性相处，仅此就大为紧张，但他还是藏起心绪，问：“那个、不好意思，刚才那是……嬗变术？”

女性似乎不知如何回答，犹豫一瞬又立刻放弃，苦笑道：“嗯。我是嬗变术师，叫莱拉·黛安芬。”

女性——莱拉的话让艾米利亚一惊。毕竟，这是克鲁兹探长给的名单上最后一位嬗变术师的名字。

“我姑且是城里行会登记在册的正式嬗变术师。虽然上个月刚派过来。”

莱拉双手握住艾米利亚的手，身体紧紧贴向他。

“不过，擅自使用嬗变术的事，还请您为我保密。”

“唔……啊……好、好的……”

在咫尺之间湿润的双眸看着自己，艾米利亚只好点头。

为防止滥用嬗变术抢夺其他行业工作，嬗变术通常由行会批准使用。因此，嬗变术师加入行会，由组织分配工作。擅用嬗变术一般还会被问罪……但这次应该不至于那么吹毛求疵。他为自己草率的决定找了个借口。

“抱歉，自我介绍迟了，我是艾米利亚·施瓦兹德芬，国军队军人。其实，我正在找你。”

“军人……找我？”莱拉面露惊讶。突然听到这种话，她自然会警惕。

“说来话长……”

艾米利亚正想解释——

“啊！艾米利亚小弟在泡妞！还是个大美女！狡猾！这究竟吹的哪门子风啊！”

不懂察言观色的“麻烦”突然插话。

不回头也知道是谁。完全不顾暗自为难的艾米利亚，声音的主人——特蕾莎发出更胜平时的超级嗓音，对莱拉说：“嗨，初次见面，美丽的小姐。我为部下幼稚的问候道歉。为表歉意，稍后我们单独吃顿饭如何？别理那个不解风情的毛头小子，和我一起度过美好的时光吧。”

“不，现在哪有空做这些？黛安芬小姐也别当真，这个人非常顽劣。”

艾米利亚立刻拦住特蕾莎，还给脸颊泛红看着她的莱拉提出了忠告。特蕾莎外表有多优秀，性格就有多顽劣。

他告诉特蕾莎，莱拉就是名单上要见的最后一名嬗变术师。特蕾莎最初虽为过分巧合的状况而惊讶，最终却因莱拉的美貌而全盘接受。她本性似乎很单纯。

三人暂且在长椅落座，特蕾莎向莱拉说明情况。之前都由艾米利亚向嬗变术师进行必要说明，唯独这次是特蕾莎搂着莱拉肩膀、真挚细致、感情充沛地解释情况。莱拉似乎也乐在其中，双眸写满尊敬与热爱，仰视着特蕾莎，听她说话。在旁人眼中，这是一对关系极好的佳人，虽然真实话题是杀人案。

话说回来，既有布朗一样单方面厌恶炼金术师的嬗变术师，也有温切斯特老先生和莱拉这种饱含善意的嬗变术师，这实在有趣。炼金术师普遍容易得到人们的尊敬和喜爱，但嬗变术相关人士的意见容易产生分歧。顺便一提，艾米利亚属于前者。

听完全部说明后，莱拉迷醉地呼了口气。

“知道了。为了证明特蕾莎上校的清白，我会帮忙的。”

“谢谢，亲爱的莱拉。就凭你这句话，我已经感觉上天堂了。”

话题走向似乎有点奇怪，但不管如何，幸好本城嬗变术师莱拉愿意帮忙。特蕾莎立刻进入正题。

“不过，你说你是行会上个月才派到这里的？不太熟悉这座城市吧？”

“是的……很抱歉。”莱拉惋惜地耷下双肩，“我原本属于埃特曼安吉行会，但特利斯墨吉斯忒斯有位嬗变术师因为年事已高隐居，我今年春天就突然被调过来了。”

“那你也没见过费迪南德三世？”艾米利亚问。莱拉轻轻点了点头。

“嗯。我只听说他成功重现‘第四神秘’，还很期待今天的公开典礼。没想到会出这种大事……”莱拉悲伤地垂下双眼。

“这只是例行确认，希望你别介意……你昨晚在哪里、干什么？”

“昨晚……为了今天的活动，我睡得比较早。我独居，也没有恋人，没人能够证明……”莱拉害羞地缩成一团，小声说。

“喂，艾米利亚，打听女性的隐私很失礼啊！”特蕾莎刻意表现得慷慨激昂。说完，她重新转向莱拉，捏着美声低语：“我愚钝的部下多有冒犯。他不是怀疑你，只是走走流程，请原谅他。不过……居然无视如此年轻貌美的你，这里的男人真是没眼光。”

“请别利用别人提高自己的好感度。”

莱拉得到赞扬，抚着脸颊。多少冷静一些后，她回到话题：“不过，这起案件真的好奇怪，什么都捉摸不透，像噩梦一样。”

能用噩梦形容也真是奇怪。案件整体确实太过脱离现实。特蕾莎夸张地点头同意。

“的确如此，但也不是毫无头绪。艾米利亚，你心里有数吗？”

她意味深长地看向艾米利亚，肯定又在盘算利用他。被呼来唤去虽然不痛快，但艾米利亚确实毫无头绪，老实地摇了摇头。

“什么，你没发现啊？”特蕾莎傲慢地在鼻子里一哼，“房间深处有块地方吧？一开始盖着布放着什么东西……案发之后，东西却不见了。”

听她一说，似乎确实有这么件东西。这么琐碎的细节，艾米利亚实在不记得。

“不见了……是怎么回事？”

“这个嘛，是凶手拿走了吧。”

特蕾莎说得理所当然，艾米利亚却因突如其来的新证据而瞠目结舌。

“拿走了……这么重要的事，您为什么不说？！”

“别吼嘛……”特蕾莎不耐烦地挥着一只手，“我不是想隐瞒，只是没必要说。”

“没必要说？”

“因为，就是这回事吧。凶手带走了什么东西，但那东西盖着布，所以我不知道是什么，你也一样。这甚至会让只见过案发后现场的警察怀疑‘东西’是否真的存在过。事到如今，白费工夫增加我们的嫌疑也没意义。但我打算之后找开发部部长确认一下。”

特蕾莎似乎想得很远，考虑了艾米利亚完全没想过的问题。艾米利亚还以为她毫无危机感，只顾傻乎乎地大吃大喝。他稍微反省了一下。

“您是说，那个‘东西’会成为破案的线索？”先前在观察情况的莱拉可爱地微微歪过脑袋。

“啊，没错。”特蕾莎兴高采烈地点点头，“有东西被拿走了，事实确凿无疑。那么，凶手为什么会拿走那东西，理由才是重点。是因为留在现场会对自己不利，还是那东西本身有莫大价值……”

“炼金术的价值吗？”艾米利亚抱臂思考，“比如跟‘第四神秘’有关的东西？”

“跟‘第五神秘·以太物质化’有关的东西也有莫大价值。”特蕾莎平静地回答，“新型蒸汽机的设计图也有十二万分可能。那间工作室有太多比黄金剑更有价值的东西，因此很难锁定是什么。不过，拿走的理由倒多少能想得出来。”

“这……您有具体的想法吗？”

“还没有具体的。”特蕾莎耸耸肩，“但东西是在杀害费迪南德三世、紧急警报启动、必须立刻逃脱的情况下被带走的，这很重要。或许，拿走东西才是杀害费迪南德三世的动机。”

“跟、跟动机有关？这么重要的事，是不是该早点告诉警察？”莱拉战战兢兢地说，特蕾莎却摇了摇头。

“但这都只是我的记忆，我刚才也说了，既然不知道那东西是什么，就算告诉警察，现状也不会变。我已经想了很久那究竟是什么，但完全没有头绪。”

“也就是说，虽然的确有东西被带走了，却成不了重大线索，是吗？”

艾米利亚的问题略显刁钻，特蕾莎破天荒地皱起眉头。

“呃……嗯，也不是不能这么说……不过，试错是炼金术的基本！总之要尝试把各种材料放进名叫‘哲学家之卵’的烧瓶里混合！就算失败也能得到失败的结果，这也算前进！”

满嘴借口，结果好像还是没有进展。艾米利亚暗自叹息。时间白白浪费，事态停滞不前。

周围充满滞重的沉默。特蕾莎似乎想改变气氛，换个话题道：“对、对了，你们俩到底是怎么遇见的？不会真是艾米利亚小弟在搭讪吧？”

艾米利亚和莱拉对视一眼，想起男孩的笑容，自然而然地笑了。艾米利亚向特蕾莎简单说明了情况。

“哼，哭鼻子的小孩和折断胳膊的木偶啊……”特蕾莎饶有兴趣地重复，“可恶，如果当时没被纸杯蛋糕摊吸引，我就能比艾米利亚小弟先遇见莱拉了……虽然是我吃的东西，但这些能耗低下的金色脑细胞真可恨！”

“您应该恨自己旺盛的食欲吧？”

“啰唆！”特蕾莎赶苍蝇似的挥着手，“话说回来，弄坏木偶的男孩还真幸运，刚好附近就有两个能修木偶的人。”

“两个？除了黛安芬小姐还有谁？”

“你究竟当我是什么？”特蕾莎讶异地叹了口气，“区区坏掉胳膊的木偶，我的炼金术——”

话到此处，特蕾莎不知为何停下了。

“老师？”

艾米利亚困惑地叫她，她却一动不动地保持静止。

举动太不正常，简直像突然被邪恶的魔女暂停了时间。艾米利亚转向莱拉，她也担忧地蹙着眉凝视特蕾莎。

特蕾莎不是刚刚才开始行为奇特，艾米利亚总觉得，她现在的行为跟以前明显不同。如果要比喻——没错，就好像突然变成了人类以外的“东西”。

“为什么……”特蕾莎失焦的眼睛盯着虚空，低声嘟囔。

“老师，您没事吧？”艾米利亚当真担心起来，抚上她的手。

而特蕾莎并无反应，像蒸汽机的自动语音一样，轻轻呢喃着莫名其妙的内容。

“所以……这是自然的结果……啊，是啊……怎么会这样！”

不知何时，特蕾莎额上浮现汗珠，其中一滴滑过脸颊，自下巴垂落，坠向艾米利亚触摸着她的手。肌肉因突然的凉意而收缩，他不禁握住她的手。

此时，附近排水口形状的洞口喷出猛烈的蒸汽。这似乎是让城市浮在湖上的蒸汽机的排气口。

“啊？”

声音和冲击让特蕾莎回过神来。她像刚睡醒一样缓缓垂下眼角，似乎不明白艾米利亚为什么握着自己的手。

“艾米利亚。”她喉咙紧绷，嘶哑地呢喃。

“老师，您没事吧？！”艾米利亚慌忙回应。

“啊……”特蕾莎似乎思维停摆。发出毫无意义的音节后，她用空着的那只手胡乱挠挠头，“你突然这么热情地握住我的手……我会害羞的。就算我是让人丧失理性的绝世美女……你至少看看时间场合……”

“啊、不、这是、这个……”艾米利亚赶紧松手，“您突然不对劲，我担心才……”

“没有不对劲，我跟平时一样。”

“确实，您平时就很奇怪……”

“你大概是全世界最敷衍炼金术师的人了！”说完，特蕾莎猛地起身，“好，去找开发部部长问话！”

“等、等等，老师，您突然怎么了？身体没事吧？”艾米利亚担忧地问。

“我很好，说不定是这几天心情最畅快的时候。”特蕾莎快意一笑。

“究竟怎么回事？您突然就不动了……”

“啊，那个啊……”特蕾莎若无其事地回答，“我好像看见了真相。”

“真相？案件真相吗？”

“具体还什么都不知道！”特蕾莎断言，“但我感觉有个像样点的想法了！总之没时间了，赶紧继续收集情报！”

特蕾莎自说自话完，快步走远，艾米利亚只好再次跟上。对了，莱拉呢？想到这里，他回过头。

莱拉脸颊泛红，似乎下了什么决心，握紧双拳说："我也去！虽然不太明白，但我想帮助特蕾莎上校！"

6

墨丘利公司开发部部长詹姆斯·帕克住在位于特利斯墨吉斯忒斯南部的高级住宅区中一座孤零零的独栋里。艾米利亚原本在想大企业干部的住宅会有多豪华，但这栋屋子却很低调，还没刚才的布朗家大。资料显示帕克单身独居，他可能是个节约的人。

乍看也不像雇了女佣。如果身体不适请假，想必他正在独自睡觉。虽然不该在别人不舒服时打扰，但他们命悬一线，没闲心顾虑那么多。

艾米利亚、特蕾莎和莱拉并排站在房前。艾米利亚作为代表，立刻叩响门环。

等待片刻，不见回应。难道出门了？

"怎么办，老师，改时间再来？"艾米利亚仰头看着旁边的特蕾莎。

"不小心错过也是浪费时间，先等等吧。再说也不一定出门了……"

特蕾莎没规没矩，未经房主许可就转动门把手。结果，门毫无阻力地开了。

实在出乎意料，连特蕾莎都面露困惑。但这困惑转瞬即逝，她立刻舍弃犹豫，果断打开门。

"等、等等老师！这是非法入侵！"

艾米利亚慌忙阻止，特蕾莎却不予理睬。

"身体不适的帕克先生说不定在家里倒下了。这不是非法入侵，是人命优先的高贵行动！"

“这是诡辩吧？！”艾米利亚的喊叫像是悲鸣。无奈之下，他只好跟上去阻拦。莱拉也跟在后面。

特蕾莎走过一段走廊，停在一扇门前。走廊实在狭窄，艾米利亚撞在她背上。

“怎么突然……”

话到此处，艾米利亚察觉有异。眼前的房间飘出了血腥味。呕吐感强烈，他硬是将它摁回腹部深处。

“老、老师！”

“嗯，我知道。”特蕾莎的侧脸上是难得认真的神情，“如果有什么事，我来应战，你们赶紧跑。”

说完，她轻轻打开眼前的门。门后似乎是客厅，中央摆了一把大号安乐椅。

椅子上——是死亡的詹姆斯·帕克。

“噫！”

莱拉吞下惨叫，将脸埋到艾米利亚胸口。艾米利亚也想扭头，但仍拼命观察现场。

一把匕首深深插进左胸，根部染得血红。那张脸上眼睛瞪圆，嘴大张，伸着舌头，此番形象和记忆中懦弱的初老男性无法联系到一起。

特蕾莎上前一步，紧盯着他睁开的眼睛，触摸他的脖子。随后，她缓缓回头看着两人，说：“艾米利亚，报警。”

第六章

最后的罗森克鲁兹

1

警察放走艾米利亚一行时，太阳已经下山了。

白天那么温暖，现在却起了雾，甚至有些凉意。艾米利亚掖紧军装衣领。

特蕾莎站在旁边，双手插兜，一脸困意地打着呵欠。还是这么没紧张感啊。艾米利亚的心情已超越了惊讶，成了佩服。一旁，莱拉不安地低着头。

他们发现詹姆斯·帕克的遗体后报了警，警察队立刻赶到，暂且将他们带往特利斯墨吉斯忒斯警局，做完简单的笔录，又严令他们等待总队抵达。艾米利亚以没时间为由强烈抗议，对方却并不接受。他心惊胆战，以为就算是特蕾莎遇到这种状况也会大发雷霆，警员却告诉他，炼金术师正在医务室床上熟睡。艾米利亚其实同样身心俱疲，于是也借了医务室休息。

歇了大概三个小时，克鲁兹探长现身特利斯墨吉斯忒斯警局，依次单独询问了他们。克鲁兹满脸倦容，艾米利亚听他说了案件详情。

詹姆斯·帕克死于刺伤，凶器是插进心脏的铁质匕首。匕首并非嬗变术产物，而是随处可见的商品。和此前的费迪南德三世案一比，这件事普通得惊人。行凶的并非不可能是完全无关的强盗，但值钱的东西好像都还在，因此这一可能性微乎其微。

发现帕克时，他已经死亡了两三个小时。从时间上来看，如果艾米利亚和特蕾莎离开墨丘利总部后立刻前往，他们也有行凶嫌疑。

克鲁兹自然心存怀疑。艾米利亚解释他们这段时间在拜访城里的嬗变术师，但他们没见任何人，走路的时间也很长。克鲁兹扬言，既然无法证明这些时间绝对无法行凶，就不构成不在场证明。另外，警方一心想要证明特蕾莎杀害了费迪南德三世，之后才会调查城里的嬗变术师。

结果，由于继续问话也得不到更多信息，艾米利亚一行被释放。

克鲁兹最后嘲讽地问了句“你们感觉能抓到真凶吗？”艾米利亚无从回答，只能移开目光。

走出特利斯墨吉斯忒斯警局，时间将近下午六点。黄昏的街道有种诡异的寒气。行人也少了，行动必须趁早。

三人在蒸汽汽车来来往往的主干道前等绿灯。

“抱歉把你卷进麻烦事了，莱拉。”特蕾莎温柔地说，“天黑了，你回家吧。”

“不，没关系。”莱拉平静地微笑，“虽然很对不起逝者，但我收获了接受警察调查的宝贵经历……更关键的是，我还没帮到特蕾莎上校。如果方便，请让我继续协助调查。”

“多么勇敢的好孩子啊！”

特蕾莎夸张地大喜，紧紧抱住莱拉。莱拉也高兴地眯起眼睛。

趁绿灯变亮，艾米利亚故意清清嗓子，插话道：“现在没时间这么悠闲……”

“哎呀，艾米利亚少尉，您吃醋了？”

莱拉扬起眸子看着艾米利亚。她离开特蕾莎，转而抓起他的胳膊，手指轻轻缠上他的手，小声说：“我也喜欢您，就跟喜欢特蕾莎上校一样。”

她像花儿般微微一笑，离开他，回到特蕾莎身旁。

艾米利亚的心脏还在狂跳。理性虽然明白这只是客套话，但对不习惯与女性接触的他而言，冲击太强了。

尤其莱拉交流时拉近距离的方式也很独特，每次行动都让他的心七上八下地跳。

他留意别让特蕾莎发现自己的紧张捉弄自己，返回话题道：“好了，老师，您之后打算怎么办？”

因为莱拉对艾米利亚也很温柔，特蕾莎略有不满。但她还是回答：“去北边的废弃物处理厂。”

“废弃物处理厂？”艾米利亚困惑道，“去那种地方干什么？还是该去找没问过话的人……”

“不，要先查清人体实验的情况。我本来想问开发部部长，既然问不到，只好指望废弃物处理厂了。”

“人体实验……为什么会跟废弃物处理厂有关？”

“你稍微动动脑子，艾米利亚小弟。”特蕾莎撇撇嘴，似乎打心底不耐烦，“听那个有美人老婆的嬗变术师的口吻，很可能真有流浪汉被带去工作室，恐怕也真有人去了就没回来。肯定是在人体实验里丧了命。要说怎么处理那些遗体，就只有在反射炉里烧掉，把骨头扔进垃圾槽吧？毕竟，实在很难想象全公司一起隐瞒处理遗体的事。”

“这样啊。废弃物处理厂的人说不定见过什么。”

“没错，所以快走。处理厂附近治安好像很差，我不想再遇到麻烦了。”

或许是出于安全考虑，特蕾莎牵着莱拉的手，快步走开。

幸好废弃物处理厂距离警局不远，大约二十分钟就到了。

正如老嬗变术师温切斯特所言，这一带充斥着恶臭，氛围明显不同于其他地方。街边虽有路灯，周边废墟却无半点灯火，治安似乎确实不好。

要去的处理厂是栋死气沉沉的白楼，楼正面有个大型入口，似乎用于回收车直接进出。卷帘门现在关着，看不见楼里情况。若干烟囱此刻仍在喷吐不同于蒸汽的白烟。

三人一边警惕周围，一边前往正面可见的小型入口。出入口因防盗需要而严封紧锁，他们用安装在一旁的对讲机联系了内部。

胖墩墩的中年男性厂长似乎接到了戴维斯社长的配合要求，爽快地请他们进去。看来，城里所有公共设施都有墨丘利做后台。

厂长带他们来到一个看似办公室的地方，泡了几杯清淡的红茶。他们坐上沙发，跟厂长面对面。炼金术师、嬗变术师和军人突然找上门，艾米利亚料想他应该很不安，于是率先打开话头：“谢谢您百忙之中抽出时间，我们想打听一些情况……问完就走。”

“啊……客气客气……我知无不言……”

厂长用手帕擦着头发稀薄的脑袋。他好像还不知道费迪南德三世的死讯，以为军人只是来访问设施，也难怪他会慌。艾米利亚同情地想。

“开门见山，我们在调查墨丘利公司的罪行。”

“墨丘利的……罪行？”

“嗯。”艾米利亚假装从容地点点头，虚实交织地说，“其实，有人匿名向军务部提供情报，说墨丘利公司在秘密进行人体实验。”

厂长惊得浑身一颤。

“不、不可能！天下无双的墨丘利怎么会犯这种罪？！”

“请您冷静。”面对声音拔高的厂长，艾米利亚尽量冷静地继续，“总之我们正在调查……如果您看见墨丘利的废弃物里有什么不该有的东西，还请如实相告。”

“我、我什么都不知道！这里什么都没有，请回吧！”

厂长明显慌了，擦着淋漓大汗。他怎么看都不会撒谎，肯定认真又老实。逼得太紧，他也很可怜。但艾米利亚现在没闲心顾虑这些，于是转而苛责他的良心。

“您宣誓效忠墨丘利公司，我理解。墨丘利是代表世界的优秀公司，也是为我国缴纳巨额税金的公司。公司的丑事一旦曝光……影响甚大。您应该知道，稳定的能源供给是重要的社会基础，如果能源突然断绝……社会肯定会陷入混乱。治安急剧恶化，犯罪增加，受此影响，守法市民的安定生活必然遭到威胁。恕我冒昧，厂长，您的家人呢？”

厂长什么也不回答，只是低着头，在大腿上握紧拳头。

艾米利亚环视室内，只见钢架上摆着相框。照片里是厂长、一名中年女性、两个女孩和一位老妇人。他们大概是他的家人。

“如果城市治安进一步恶化，您遭遇不测，您的家人可能会流落街头，令子和令爱也可能遭到恶徒袭击。倘若家人有个不测，令堂或许会伤心患病……我们担心的，正是这种最糟糕的事态。”

为了让他充分理解话中含义，艾米利亚故意慢条斯理地喝了口红茶，继续道：“我们最害怕的……是这等丑闻哪天忽然被报社曝光。正因墨丘利公司此前一直以清廉形象示人，危害想必格外巨大。不，消息说不定已经传到报社了……很可能明天就会刊登整版新闻。”

“怎么会！”男人阵脚大乱，“我该怎么办！”

“嗯，我们也不希望看到这种事态。”艾米利亚用力摇头，“如果军务部出马，就能以国家安全为由，通过女王陛下的敕令向报社施压，其间还能暗中接触墨丘利，给他们公开事实、向社会谢罪的机会，将影响最小化。为此，我们分秒必争。如果您一无所知，我们必须立刻寻找其他情报来源，可能又会浪费时间。已经这么晚了，说不定会拖到明天……”

面前微胖的男人呼吸急促。艾米利亚盯着他的眼睛，平静地说：“刚才或许是我听错了，我再问一遍……您知道什么吗？”

男人眼中只剩胆怯与恐惧。

2

三人并排离开废弃物处理厂时，已经过了晚上七点。

“艾米利亚少尉，您好帅！”一直沉默聆听的莱拉在胸前交握双手，“唇枪舌剑对厂长穷追不舍的样子好让人陶醉！我也想被您言语相逼！”

艾米利亚不知作何回应。哪怕是客套话，得到异性的赞赏也是好事。此情此景，他真恨自己人生经验匮乏。

“莱拉，别被他骗了，这个男人满口谎话，非常危险。”

特蕾莎故意口出恶言，握住莱拉的手，故意做给艾米利亚看。

艾米利亚想告诉莱拉“握着你手的炼金术师要危险几百倍”，但又觉得麻烦，不以为意地切换了话题。

“话说回来，老师的推理真准啊。居然真能找到人骨。”

后来，厂长痛痛快快地全盘托出。他好像格外重视家人。

据他所言，大约一年前，墨丘利的废弃物里出现了疑似人类骨头的东西。保险起见，他留下了。拿出来一看，确实是人骨。

特蕾莎说，这是人体内最长的骨头，位于大腿，名叫股骨。

虽然性别、年龄不详，但确实是人骨。就算是费迪南德三世，似乎也没想到顺从听话的废弃物处理厂厂长会做留下骨头这种事。

然而，就因这步妙招，费迪南德三世做过人体实验一事，几乎已成定局。

这有何意义，是否值得浪费宝贵的时间来调查？艾米利亚无法判断……但至少特蕾莎似乎有所收获。

“说实话，我也没想到会这么顺利。”特蕾莎牵着莱拉的手走在夜路上，愉快地说，“你的虚张声势很有效。你好像比我想的会撒谎，感觉很好用。只要你愿意，过了明天，我也可以收留你当助手哦。”

“恕我婉拒。”艾米利亚果断地拒绝，“先祈祷我们能活过明天吧。”

“确实。”

特蕾莎独自哈哈大笑。笑了一会儿，她改变话题道：“总之，该回总部了。雾很浓，我也不想老待在治安不好的地方。莱拉，我们送你回家。”

“谢谢。”莱拉双颊泛红，高兴地说，“我的公寓在东区，就请两位送我到那边吧。”

三人在晦暗的夜路上走了一会儿。周围静得异常，莫名诡异。

冰冷的夜风突然拂过脖子，艾米利亚浑身一颤，加强警惕。

这时，他发现对面有个奇怪的人影。对方站在贫民窟和普通居民区域的边界附近，是个隐隐散发着危险气息的健硕秃头男人。

“老师。”艾米利亚继续盯着前方。

“嗯。”特蕾莎似乎也已发现这个可疑的人，简短地回应，“以防万一，换条路吧。”

“是啊，稍微绕点路吧。”莱拉紧张地回答，“这附近路很复杂，应该很容易甩掉。”

“嗯，拜托了。”特蕾莎警惕地点点头。

莱拉带两人走进小巷。路灯照不进巷子，路上一片黑暗。或许是因为夜间蒸汽浓郁、湿气堆积，这里潮得奇怪，让人不想久留。然而，莱拉不以为意，不断前进。

不久，特利斯墨吉斯忒斯的城墙挡在眼前。这里是个小小的广场。莱拉在墙前慌了神。

“对、对不起！我走错路了！回去吧！”

此处荒无人烟，出事也不会有人搭救，还是早点离去为妙。艾米利亚心存不祥预感，转身迈步。

下一个瞬间——眼前金星四射。

刹那的失神。

艾米利亚不知发生了什么，回过神来已经趴倒在地，浑身肌肉松弛，使不上力气。

但他仍然努力扭头，身旁瘫倒的特蕾莎似乎同样无法理解状况。

事态明显不妙。至少莱拉没事吧？他视线游走，想确认——

雾霭让满月朦胧一片。莱拉神情恍惚地站在这片风景前，右手拿着一个按钮似的机器。

“我还担心能不能顺利启动呢，太好了。”

她蹲下身，交替看着倒地的艾米利亚和特蕾莎，喜悦地湿了眼睛。

“我用了两位项圈的功能。全身过电的感觉很舒服吧？”

莱拉笑着，眼睛眯成两弯牙月。

“正式介绍——我叫莱拉·黛安芬，是特利斯墨吉斯忒斯嬗变术师公会的注册嬗变术师……也是墨丘利公司的顾问嬗变术师。”

原来如此。艾米利亚咬牙切齿。看来最初的相遇是设计好的。

莱拉抱起倒地的特蕾莎的上半身，“您暂时一根指头都动不了哦。不过，特蕾莎上校……您真的好美……”她怜爱地抚摸着特蕾莎白皙的脸颊。

特蕾莎似乎还有意识，表情不快地扭曲。

带着本能的厌恶，艾米利亚终于理解了一切。莱拉此前投向他们的亲热视线——并非出自友爱，而是瞄准猎物的捕食者的视线。

“费迪南德博士去世，墨丘利如今身陷巨大危机。最前端的研究产业基本都依赖博士这个炼金术师，所以……公司现在急需人继承他的研究。特蕾莎上校，您明天要接受死刑吧？居然要杀这么完美的人，实在太野蛮了。于是，我们决定秘密保护您。一切都是为了创造人们能够安心生活的世界……多少动点粗，也是无可奈何。”

艾米利亚想起了戴维斯社长。回想起来，他坚决庇护特蕾莎的样子相当不自然。论状况，特蕾莎极有可能是凶手，是葬送墨丘利最大财产费迪南德三世的可恨之人。他更加激动地批判她才合理，却并没有这么做，甚至吩咐全公司配合她。

简而言之，对他来说，特蕾莎是不是凶手都无所谓。他始终只关心一件事：费迪南德三世死后，确保有炼金术师在墨丘利继续研究。

所以，一边通过合作让特蕾莎大意，一边暗地里推进虏获她的计划。

何等大意。艾米利亚想起戴维斯最后意味深长的笑容，追悔莫及。他浑身聚起力气，努力站起来。

“哎呀，您还能动啊，艾米利亚少尉。我明明听说，触电之后会有半小时不能动弹……试验作品果然靠不住。算了，对特蕾莎上校有用就行。”

说着，莱拉身后悄无声息地出现了一个巨大的身影。这正是先前挡住一行人去路的秃头巨汉。原来如此，他们是一伙的。

见艾米利亚一脸懊悔，莱拉残忍地笑道：“嘻嘻嘻……真可爱啊，艾米利亚少尉。啊……受不了。好想狠狠欺负您……”

莱拉打了个响指。秃头男立刻靠近艾米利亚，毫不留情地揍倒他。

好不容易站起来，却又摔倒在地。触电的影响似乎还在，身体不能自由行动。他只能活动头部，瞪着莱拉。

“啊……太棒了，艾米利亚少尉。您那满是屈辱的表情……让我浑身颤抖。真想带您回去，私下‘养’一辈子……可惜不行。上级下了死命令，让我至少留下您的遗体。”

戴维斯的目标，恐怕是制造艾米利亚在贫民窟遭遇暴徒袭击而亡、特蕾莎被掳走的假象。就算不知道特蕾莎能力的价值，暴徒也完全可能因她的美貌心生歹念。戴维斯看透了这一本质——

之后，只要解除湖面封锁，就能伪装成她被带出了这座城市的假象。虽然墨丘利在这种状况下嫌疑巨大，但没有证据，警察和军方都无法强硬行事。他肯定算到了这一步。

总之——不能让他称心如意。

艾米利亚后背靠墙，缓缓起身。他头晕目眩，感觉随时会呕吐。

莱拉又卑劣地笑了。

“嘻嘻嘻，不这样就不好玩了，艾米利亚少尉，请您拼命抵抗。要不然，可没有‘遇袭’的效果。啊——但是，您别想大声呼救哦。特蕾莎上校的漂亮脸蛋可能会受伤。”

不知何时，她握住一把小匕首。仅此情景就让艾米利亚喉头一紧。

秃头男步步逼近。要应战吗？孱弱的艾米利亚似乎毫无胜算。

仅一瞬的犹豫，但对手不会等待，脸颊上受到强烈冲击。

意识到自己挨了一拳时，艾米利亚已经飞到半空，旋转落地。他因为重力摔向地面，撞翻了近处摆的各种东西。

冲击力贯穿艾米利亚，强得让他怀疑是否浑身骨头都碎了。眼前金星四射，耳朵也因严重的嗡鸣而听不清声音。在视野边缘，男人再次靠近。必须做出反应！大脑发出指令，身体却不听话。

刚挺起上身，下巴就挨了一脚。脑髓在狭窄的头盖骨中激荡。不快感非同寻常。无意识地呕吐，胃液四溅。不幸中的万幸，他没食欲，这几小时基本没吃有形状的食物。

吐出胃液之后，艾米利亚意识清醒了少许。继续趴在地上，不到一分钟就会被杀。出于本能的危机感，艾米利亚半晕半醒地站起来，手中不知何时握了一根碎木棍。

“嘻嘻嘻，好棒啊，艾米利亚少尉。拼命面对困难，才是人类最闪耀的瞬间。请用那根寒酸的棍子抵抗吧，努力，再努力。不过，人类最美的瞬间，是奋战之后破碎的脸上染满绝望的时刻。”

嘈杂的声音钻进大脑，但艾米利亚放弃理解个中含义。这是浪费资源。他还有更重要的事必须考虑。

动手，还是送命？根本用不着想。

与其在这里莫名其妙地送死，全力反击才是正确答案。之后的事，就之后再考虑。

决断只在一瞬间，艾米利亚下定决心。

右手木棍移到正面，调整呼吸。棍长约五十厘米，恰如他所愿。

集中意识。自我边界模糊，与世界融为一体。

重点是认知。

用意念打破“自己是人类”的稚拙常识。

将自己暂时伪装，重制为不同于人类的其他事物。

从大气摄取的“以太”通过肺部，顺着血流走遍全身。右手发热。

“难道是‘伟业辐射光’？！”莱拉突然惨叫。

艾米利亚手中的木棍在发光。

嬗变术绝不可能实现的神域奇迹。

光芒消失之时，艾米利亚手中是一柄散发金属光泽的坚实剑刃。

此时，他终于放松紧绷的意识，变回人类，瞪视眼前两名恶徒。

如此发展实在始料未及。莱拉将怀中的特蕾莎放回地面，拉开距离。

“全身无力、意识不清还能使用炼金术，太犯规了，特蕾莎上校……跟炼金术师作对，果然没有优势。虽然有点可惜，但趁特蕾莎上校还不能自由行动，我们先告辞了！”

她似乎误以为是特蕾莎使用了炼金术。接到她的信号，秃头男人头也不回地跑了。她同样冲出去，但中途停下脚步，回头道：“不过，我说不希望特蕾莎上校被处死，是彻头彻尾的真心话。如今公司失去费迪南德博士，是真的需要特蕾莎上校……然而，明明时间所剩无几，上校却总是拒绝社长的提议。我真心仰慕上校……因此倍感遗憾。请两位至少无悔地度过剩下的时间。再见……”

莱拉自顾自地说完，眨眼就没了踪影。

艾米利亚仍未放松，瞪着他们的背影，但不久就没了力气，手中剑刃滑落，当场瘫倒。

他拼命调整呼吸，为吸进氧气而喘息，氧气却无法顺利传到全身，指尖冰冷蜷缩，无以复加地感到恶心。

干脆死了还比较轻松。就在他这么想时，一抹影子落到脸上。

不好……他们回来了？

眼睑无比沉重，但他还是努力睁开眼。眼前的光景出乎意料。

“艾米利亚，你……”

特蕾莎极其担心地盯着他的脸。艾米利亚从没见过她这副表情，不禁笑了。

“老师……您没事吧？”

“啊……身体还有点麻，没什么力气……但没其他问题了。”特蕾莎不掩慌乱地回答，“但你怎么回事……简直跟破抹布一样……为什么不扔下我逃跑……反正我还有几个小时就要被处死了……没有拼命保护的价值吧……”

她一定是纯粹感到疑惑。艾米利亚故作轻松地回答：“妈妈教育我……要善待女孩子。所以我一不小心……”

“蠢货！”

特蕾莎呢喃着，语调难以言喻，像斥责又像慰劳。她抱紧艾米利亚，在他耳畔低语。

“你是炼金术师？”

艾米利亚不知如何正确回答。但特蕾莎亲眼看见了他一系列行动……他没有找借口的余地。

要蒙骗这位炼金术师长官，对他来说，担子一开始就太重。

所以，他老实点点头。

“是的。我大概……是世上第一个后天炼金术师。”

3

特蕾莎触电后还不能自由活动，而艾米利亚用尽力气、浑身虚脱。两人互相搀扶，总算逃离了贫民窟。

为确保安全，本该走到主干道附近，但体力实在无法支撑下去，他们暂时在路边长椅上休息。

这一带白天满是行人和小摊，现在彻底冷清了。或许正因如此，偶尔喷出地面排气口的水蒸气十分惹人在意，带来一种身处巨大鲸鱼背上的错觉。

忽而看向天空，只见星空蒙着雾气面纱，朦朦胧胧的。蒸汽明显比白天浓。这座蒸汽之城的昼夜功率似乎不同。

特蕾莎可能顾虑到艾米利亚的心情，一直不发一语。

事到如今，无须隐瞒。艾米利亚坦诚地讲起往事。

“我的本名是艾米利亚·罗森克鲁兹。嬗变术三大家族的……后裔。”

“三大家族……福瑞梅森家、罗森克鲁兹家和斯黛拉玛蒂裘纳家对吧？但我听说，现在全都没落了？”特蕾莎看不透话题走向，顾虑地问。

“我白天说我母亲是嬗变术师，那是真的。母亲是罗森克鲁兹家的族长。罗森克鲁兹家代代由长女掌权，同时继承此前所有的研究成果和名字。”

“名字？”特蕾莎困惑道。

“嗯。‘艾米利亚’这个名字，由罗森克鲁兹家继承秘术的长女代代沿袭。听说‘艾米利亚’在古语中的含义是‘竞争对手’，包含了视历代族长为竞争对手、超越过去的含义。罗森克鲁兹家的目标自然是抵达炼金术，也即‘第六神秘’。倘若有人有一日完成炼金术，就能以‘艾玛’自称。这个词在古语中意味着‘全宇宙、完全体’。因此，‘艾米利亚’这个名字一开始就是在伪装‘艾玛’。”

所以，艾米利亚其实可以自称“艾玛”。然而，唯独母亲传给自己的“艾米利亚”这个名字，他无法舍弃。毕竟，他已经舍弃了姓氏。

“还有这层含义啊……”特蕾莎佩服地说，“不过，你不是长女吧？”

“嗯，是长子。罗森克鲁兹一族本来容易诞生女子，但也会出现我这种例外。这种情况似乎会生下第二、第三个孩子，如果出现女孩，就让她继承一切……但我母亲本就身体虚弱，生下我之后，已经不能继续生育了。没办法，她只好给身为男性的我取名‘艾米利亚’，抚养我长大。”

特蕾莎若有所思，一言不发地等艾米利亚继续说。

“虽然性别多少有点麻烦，但我后来正常长大了，是个做着点特殊研究的普通家庭的孩子。父亲在我出生之前已经人间蒸发，我不知道他长什么样。这种事也随处可见。我家不算富裕，但也不愁吃穿，过得很幸福——直到十五年前的那天晚上。”

“十五年前？难道是‘异端狩猎’？”

特蕾莎倒吸一口凉气。艾米利亚轻轻点头。

“那晚月色很美，我们睡了，家里很安静。几个陌生的男人突然闯进来。母亲把我塞到卧室床下。为了遇到这种情况时能够逃跑，那里有条通道。但母亲只让我进去了，自己在跟男人们战斗。大概是想争取时间让我逃跑吧。但她以一敌多……立刻就被杀了。就在从床下看着她的我眼前！”

最爱的母亲被刀刃捅遍全身的声音。

涌出肉体、流到床下的鲜血的腥臭。

母亲变为纯粹肉块瘫倒在地的冲击。

全都烙进脑海，挥之不去。哪怕时至今日，只是回忆，眼前都会染满血红，头脑都会因愤怒和懊悔而几近癫狂。

艾米利亚用力咬紧后槽牙。他本以为自己已经放下母亲之死，一旦述说往事，却发现根本不是如此。

特蕾莎轻轻搂住他的肩，似乎想抚平他混乱的呼吸。

“很难过吧。你那么温柔，肯定是因为令堂给了你许多爱。”

“您怎么这么温柔……平时的嘲讽和歪理去哪儿了？”

“没礼貌。我也有判断力和母性，也会安慰伤心的男孩子。”

措辞太奇怪，艾米利亚笑了。微微地，心痛似乎有所缓和。他冷静下来，继续说：“我当时看见了。杀害母亲的男人凭空变出无数刀刃。杀害母亲的‘异端猎人’，其实是炼金术师。”

“等、等等！这就怪了！”特蕾莎慌忙插话，“无中生有可是‘第三神秘’以上的奇迹！”

“嗯，我知道。”艾米利亚重重点头，“我也知道您难以相信，但我确实看见了那个奇迹。因此，我自认为，杀害母亲的凶手，是独力抵达

‘第三神秘’以上境界的炼金术师。”

“这怎么可能……”特蕾莎喃喃，似乎仍然无法相信。

“七大神秘”中，当今得到公开承认的只到“第五神秘·以太物质化”，就算加上费迪南德三世此次的功绩，也只到“第四神秘”。因此，听说超越这些的奇迹在十五年前就已实现，特蕾莎难以置信。

不过……就算她不相信也无妨。艾米利亚自顾自地继续。

“我还看见了一样东西。月光照耀下……海豚的刺青。杀害母亲的炼金术师的肩上刻有海豚的刺青，闯进我家的其他男人也有相同的刺青。虽然不明白含义……但这是‘异端猎人’的共同特征。所以我……我抛弃罗森克鲁兹的姓氏，自称施瓦兹德芬。为了不忘记他们，为了成为咬死他们的‘黑色海豚’。”

“原来……如此……”特蕾莎似乎理解了一切，深深叹了口气。

“后来，那群男人放火烧了我家，逃走了。我哭着从地下通道来到外面，直接逃到孤儿院，就这样继承母亲的遗志，一直偷偷练习嬗变术……终于抵达了‘第六神秘’。‘异端猎人’袭击罗森克鲁兹家，或许是因为我们越来越接近嬗变术师的夙愿……但真相还在黑暗之中。后来，我为了报仇拼命学习，作为特招生进入军校，希望能潜入军方中枢。因为我觉得，到时候一定有机会见到其他炼金术师。”

“第一次见面时，你说讨厌炼金术师，那既不是嘲讽也不是别的，而是单纯的事实啊……”特蕾莎温柔地拍拍他肩膀，“你隐瞒自己是炼金术师，甚至连会用嬗变术的事都保密，是为了避免被‘异端猎人’盯上吧？免得遭遇和令堂一样的悲剧……”

艾米利亚缓缓点头。和盘托出之后，他有种奇妙的充实感。不知是因为倾吐了从未对任何人说过的秘密，还是因为有人知晓了自己满是谎言的人生。

他已经不明白自己真正的想法……然而，因为特蕾莎的搂抱，他的肩头感觉到了温暖。只有这是毋庸置疑的真实。他沉醉在这份惬意之中，略微抛开了虚无的想法。

两人沉默片刻，并肩仰望夜空。

明明可能是最后一夜，心境却宁静得不可思议。

“谢谢你让我听你的伤心事，艾米利亚。”特蕾莎温柔地说，“我会严守这个秘密，带到坟墓里去，你放心吧。你是我如假包换的恩人，如果没有你挺身相助，我肯定会被墨丘利圈养一辈子。那种未来……我拒绝。如果要二选一，我选择光荣地死去。”

“怎么会……想不到办法了吗？”

艾米利亚突然心生担忧。留给特蕾莎的时间不多了。

然而，特蕾莎仿佛大彻大悟，冷静地说：“最后一块拼图实在填不上。不过这一关，骗不了那个探长。我一直在想……但似乎已经超时了。”

随后，她露出出奇安宁的笑容，看向艾米利亚。

“不过，幸好最后遇到了你。我们是完全相反的同类。”

“同类？”

“嗯。机会难得，为了走得安心，我告诉你个大秘密。这是所谓淑女的秘密，你也别对任何人说，要带到坟墓里去哦。”特蕾莎谨慎地铺垫完，说，“其实我——”

话到此处。

特蕾莎静止了。

“老师？”

艾米利亚疑惑地叫了一声，她却似乎完全没听到，一动不动，跟白天一样，仿佛中了邪恶魔女的魔法。

艾米利亚越发担心，特蕾莎快速地自言自语。

“相反……没错，全是反的！怎么回事，我连这么简单的事都没想到！啊，可恶！完全被他玩弄在股掌之中！”

特蕾莎突然起身离开长椅，开始飞奔。

艾米利亚不知发生了什么，大吃一惊，总之追了上去。特蕾莎久居室内，体力欠缺，跑得不快，因而艾米利亚虽然遍体鳞伤，还是赶上了。

“老、老师！您突然干什么？！”艾米利亚气喘吁吁地问。

“去港口！”特蕾莎仿佛把刚才的感动情绪忘在了长椅上，像平时一样大叫，“不快点就赶不上了！”

“赶不上、什么？！”

特蕾莎一句话也不答，直接跃进主干道。一辆飞奔的蒸汽摩托一个急刹车，停在她面前。

“混蛋！很危险啊！”司机怒吼。

特蕾莎对着他指手画脚道：“我是国军队的帕拉塞尔苏斯上校，正在作战，要征用你的摩托！对不住了！”

“不，这太乱来了！”司机惨叫着试图抵抗。

特蕾莎将他拖下摩托，自己跨上前座。

“艾米利亚，上来！”她拍着后座大叫。

艾米利亚听命跨到她身后，搂住她的身体。摩托原地旋转加速，驶向港口，引擎扭到最大。城里难以想象的高速加上无视红绿灯，构成了高度危险驾驶。每次转弯，后胎都会打滑。

艾米利亚拼命抓紧特蕾莎，以免被甩下车。他做好了几秒后就会死的心理准备，但特蕾莎技巧高超，并未造成事故。

转眼就到了目的地港口——特利斯墨吉斯忒斯与外部联系的唯一关口。特蕾莎粗鲁地丢下摩托，逼向附近的警官。

“这几小时有船出港吗？！”

“船、船吗？没有……”事出突然，警官不知所措。但他发现了特蕾莎的肩章，立刻敬礼回答：“现在，特利斯墨吉斯忒斯警局完全封锁了湖面！一艘商船也无法进出！”

“别说场面话！”特蕾莎怒吼，“回答我！不管什么船，有没有出去了的？！”

“失、失礼了！大概一小时前，为了将搜查资料带回总部，一艘埃特曼安吉警察总部的船离开了港口！”警官挺直背脊，似乎被特蕾莎的怒吼彻底吓住了。

“船上有无关人士吗？！”

“只、只有一对母女……”

“什么样的母女？！”

“这……一个衣着肮脏的年轻妈妈，和一个三岁左右的女孩。女孩得了重感冒，而且她们出示了去外部医疗机构的特别许可……”

“看清她们的脸了吗？！”

“没、没有……她们从头到脚都盖着脏兮兮的斗篷，都看不清脸……”

“是吗……”听完警官的话，特蕾莎的沮丧先于怒火爆发，“全都来不及了。我会跟总部探长好好说说，让他别扣你工资。你看到的许可证是假的，之后尽管确认。”

“是假的？”警官似乎无法相信，一脸诧异地重复。

“嗯。”特蕾莎夸张地点点头，“说具体点，你放跑的人，正是杀害费迪南德三世的真凶。”

“真凶？！”在特蕾莎旁边静观其变的艾米利亚比警官反应还大，“什么叫真凶？！您究竟知道什么？！”

“什么……什么都知道了。”特蕾莎若无其事地回答，“此次案件的种种不可能和不可解都消失了。水落石出，真相大白。只不过……有点晚。”

特蕾莎重新看向大惑不解、目瞪口呆的警官，温柔地说：“你能用对讲机吧？麻烦你联系探长，让他一小时后在费迪南德三世的工作室召集涉案人。就说特蕾莎·帕拉塞尔苏斯要揭露真凶，他哪怕不愿意，也会听我指示。”

不等警官回答，她说了句“有劳”就迈开脚步离开。艾米利亚慌忙跟上。

“等、等等老师！您突然怎么回事？！解释一下啊！”

“之后一起解释。”特蕾莎不耐烦地挥着一只手，“先别说这个，我肚子饿了，去工作室之前，找个餐厅吃点吧。”

看来，她现在执意不肯说明。

艾米利亚只好放弃胡思乱想，专心做她的随从。

特蕾莎如此从容，想必至少建立了足够让明天处刑取消的假设。倘若如此，艾米利亚也会无罪释放。

他大概有些乐观，但经过这两天的短暂相处，也难怪他会对这位胡来的炼金术师产生深厚的信任。

这么一想，此前因担心明天的死刑而无影无踪的食欲突然涌进脑海。回头想想，除了早上那点黄油吐司，他什么都没吃，越想越饿。事已至此，他提议道："机会难得，就狠狠吃一顿肉吧。这是任务必需的营养补给，军务部会报销。"

"好！"特蕾莎快活地打了个响指，"就该这样！艾米利亚小弟，你也很坏嘛！那就找家最高级的店，美美享用最后的晚餐吧！"

第七章

三重伟大之人

1

两人抵达工作室时，涉案人员已经全体集合。

“排场摆得这么大……您还想怎么挣扎？”

特蕾莎刚露面，克鲁兹就发起攻势。她不予理睬，对社长戴维斯意味深长地一笑。

“谢谢你刚才的热烈欢迎，我可爱的部下好像给你们添了很大麻烦。”

“别、别客气……”戴维斯狼狈地移开眼睛。他话这么少，大概是不知道特蕾莎会出现。绑架特蕾莎失败的消息应该传到了他耳中，因此，他必定在警惕她公开大闹。她究竟有何目的……艾米利亚也不明白。

艾米利亚重新环视室内。

目前，费迪南德三世的工作室聚集了七个人。

社长达斯汀·戴维斯，安保部部长艾扎克·华莱士，保安丹尼尔·吉布斯和提奥·克罗斯，埃特曼安吉警察总部的菲利克斯·克鲁兹探长，以及国军队情报局的艾米利亚·施瓦兹德芬和特务机关“阿尔卡黑斯特”的炼金术师特蕾莎·帕拉塞尔苏斯。

疑似涉案人已经全部到齐。

特蕾莎傲慢地扫视一遍工作室，缓缓开口：“此次案件的特殊性自不待言……但我还是斗胆再强调一遍，这是一起前所未闻、脱离常识的案件。因此，有人就算无法理解案件全貌，也不必感到羞耻。可以说，无法理解才理所当然。这么愚蠢的案件空前绝后，不会再有第二次。你们要先理解它是仅此一次的异常事态——再认真听我的话。”

“好迂回的开场白。”克鲁兹不满地说，“打这么多预防针……您是想强行嫁祸给其他人吧。”

“我才是被嫁祸的人。”特蕾莎苦笑，“不过……凶手应该没这种意图。”

“这话怎么说？”安保部部长华莱士问。

“真的只是单纯的偶然，如同奇迹，看似只有我可能行凶。”

“愚蠢。”克鲁兹厌恶地摇摇头，“怎么可能有这种偶然？相比之下，根据证据假设您是凶手才更有建设性。”

“我不是不明白你的心情，探长，但你只是在放弃思考，会老得很快哦。”

特蕾莎粗鲁地驳倒克鲁兹，重新进入正题。

“好了，种种事态极其纠结，该从哪儿讲起呢……对了，讲述案情之前，先讲讲另一起案件吧。”

“另一起案件？”艾米利亚问。

“嗯，费迪南德三世犯下的一桩罪行。”

“费迪南德博士的……罪行？”克鲁兹好像来了点兴趣，加入话题。

“费迪南德三世一年前——杀了人，至少一个。”

“不可能！”最先做出反应的是戴维斯，“博士已经十多年没见过任何人，一直在这间工作室做研究！他不可能杀人！”

“看你这样子……果然不知道啊。”特蕾莎说，语气略带怜悯，“这不是公司的罪行，只是费迪南德三世私人的罪，希望警察能够放过你们。当然，这也不是他一个人的罪。”

“您是说，博士有帮凶？”华莱士声音颤抖。

“正是如此。”特蕾莎神秘地点点头，“能神不知鬼不觉做到这些的，只有离费迪南德三世最近的，开发部部长詹姆斯·帕克。因此——这个共犯被杀了。”

“且、且慢！”克鲁兹慌忙插话，“莫名其妙！博士杀人和帕克共犯，您究竟在说什么？！”

“嗯，我正打算解释。”

特蕾莎沉默片刻，留出足够空白，说：“费迪南德三世在贫民窟选出没钱没依靠、出了什么事都没谁在意的家伙，在做人体实验。詹姆斯·帕克在挑选实验体。这是他们的第一桩罪行。”

“怎么会……难以置信……”戴维斯失魂落魄地嘟囔。

站在社长的立场，确实难以承认信赖的部下犯了罪。

“很遗憾，这是牢不可破的事实——你们也有头绪吧？”

特蕾莎看向两名保安。他们此前还是旁观者，现在突然被拉进来。提奥·克罗斯表情困惑，但还是沉重地开口：“保安不止我们两个，我没法说什么……但我听过传闻。听说……有流浪汉进去过。”

“这么重要的事，为什么不向我汇报？！”华莱士大喊。他身为负责人的自尊似乎受到了伤害。

“行啦，别骂得那么狠。”特蕾莎伸出援手，“毕竟那个炼金术师比社长还伟大，要是一不小心惹恼了他，那才会导致不幸呢。所谓多一事不如少一事，尽力撇清关系也并非罪大恶极。而且，他们的工作只是‘白门’警备。有谁得到费迪南德三世的许可要进门，也跟他们无关吧，不是吗？”她问安保部部长。华莱士无言以对，老实作罢。

“顺便提一下，贫民窟也有很多人亲眼见过流浪汉被带走，废弃物处理厂勤劳的厂长还在垃圾里发现了人骨。警察只要认真搜查，应该能找到更多证物。”

克鲁兹不耐烦地闭上嘴，恐怕是在气恼这座城市的警察玩忽职守。然而，追根究底，从王国因渴求巨额税金而允许一介企业墨丘利在城里独立自治之时起，事态就明显会演变至此。毕竟，地方警察虽然隶属王国管辖，但如果只是一点引发小异常，得到宽恕的手段要多少有多少。

说白了，这是王国在玩忽职守。

“你大概有想法……但这起案子不是重点，就不继续说了。重要的是，因为人体实验，费迪南德三世推进‘灵魂解明’研究，终于重现了‘第四神秘’。当然，我不打算肯定人体实验。”

2

听了特蕾莎的话，众人沉默不语，心情大概很复杂。艾米利亚也没有清楚表达当下的自信。此情此景，只有特蕾莎心情大好。

“那我继续说。总之，几经周折，他抵达‘第四神秘’，让自己重返青春，并通过‘灵魂炼成’成功制作了赫蒙克鲁斯，虽然之后也在做验证实验……但有了爱娜温这个助手，大概一年就结束了。终于，他决定召开公开典礼，向世人宣告自己的功绩。”

特蕾莎在工作室内缓缓踱步。

“然而……这就出现了一个让我好奇的问题。费迪南德三世打算如何公开‘第四神秘·灵魂解明’？”

她环视众人，提出问题。

“我昨天见他时，他确实说已经做好了明天公开典礼上在众人眼前完全重现‘第四神秘’的准备。不过，好像没人知道具体内容。”

“恕我冒昧，戴维斯社长也不知道吗？”克鲁兹诧异地说。

戴维斯面带苦涩地点点头。

“嗯，说来惭愧……我没有得到费迪南德博士的充分信任……”

“但这是不幸中的万幸。”特蕾莎插话，“如果知道公开典礼的内容，你肯定跟开发部部长一样遇害了。”

“帕克先生的死和公开典礼有关？”华莱士问。

“大有关系。”特蕾莎自信地点点头，“不如说，几乎和整个案件都有关系。包括三重密室在内。”

“不可能……”克鲁兹恶狠狠地说，“什么东西都扯上关系，太巧了！首先，公开典礼和密室完全是两码事！”

“这我会慢慢解释。现在重要的是公开典礼。艾米利亚，你有什么意见吗？”

艾米利亚突然被点名，很是困惑。但这是特蕾莎信任他的表现，思考就肯定能明白。他拼命转动大脑，寻找答案。

“这个……首先，肯定需要向参加公开典礼的人出示简明易懂的结果。比如，昨天前夜祭上，费迪南德博士就在来宾面前展示了好几次炼金术，恐怕是为了向周围宣示自己是凭借‘第四神秘’重返青春的炼金术师本人。毕竟，我和老师……帕拉塞尔苏斯上校昨天见费迪南德博士时，最先想到的就是他是不是替身。他为否定这一可能性而展示了炼金术，效果出众。但……我不认为他打算在公开典礼上这么做。重返青春是件大事，但也只是‘灵魂解明’的一部分，如果要向世界展示自己实现了完全重现，这还不够。”

“那该怎么办？”

特蕾莎的视线带着试探。事已至此，答案只有一个。

“那么，就只有实际演示‘灵魂炼成’。”

“正是。”特蕾莎满意一笑，“正如艾米利亚刚才所说，公开典礼上要做的，只可能是‘灵魂炼成’。”

沉默聆听的戴维斯战战兢兢地举起手。

“那个……不能向世间公开爱娜温小姐的存在吗？她的存在，应该足够证明‘第四神秘’的完全重现……”

“爱娜温只是‘灵魂炼成’的结果，再怎么努力解释，普通人也难以理解她是靠高度自律思考行动的。因此，与其公开爱娜温小姐的存在，还不如重新实际演示更有效果。”

“原来如此。昨天前夜祭上，博士完全没向来宾介绍爱娜温小姐，我还觉得奇怪呢。明明她就是‘第四神秘’本身……原来是为了让第二天的公开典礼更有效果啊。”同样参加了前夜祭的华莱士钦佩地小声叹息。

没参加的几个人面露诧异，但肯定有所领悟。

“倘若如此，不是很奇怪吗？”克鲁兹似乎发现了什么，开口道，“如果想在公开典礼上进行‘灵魂炼成’，工作室里自然该有没放‘灵魂’的机械人偶，但现在没发现那种东西，说明一开始就没有这种打算……不是吗？”

逻辑正确，但克鲁兹似乎并无自信，话说到最后，没了气势。

“不愧是埃特曼安吉警察总部的精英探长，很敏锐嘛。”特蕾莎微笑着，似乎等的就是他这番话，“没错，从逻辑上考虑，如果打算实际演示‘灵魂炼成’，当然必须准备爱娜温那种机械人偶，也就是放‘灵魂’的容器。然而，到处都没见这种东西，这究竟怎么回事？”

特蕾莎意味深长地看着众人。在此一瞬，艾米利亚的记忆忽然联结。

“难道凶手带走的是……”

“带走？”听觉敏锐的克鲁兹逼问。

艾米利亚解释，昨天白天来工作室时存在的某个“东西”在案发后消失了。克鲁兹好像第一次听说这件事，眉头大皱。

“这么重要的信息，为什么不说？”

“还不是因为您完全不听我们说话？”

面对艾米利亚的反驳，探长沉默不语。他一开始就断定特蕾莎是凶手，这是他的失误。克鲁兹烦躁地挠头。

“原来如此。也就是说，凶手带走了那具机械人偶？但究竟为什么……”

“不，不对。凶手没有带走机械人偶。”特蕾莎否定。

艾米利亚心生疑问。

“如果没带走，工作室里为什么没有机械人偶？”

“这是本案的关键。”特蕾莎好像来了兴致，再次慢慢踱步，“方法论稍后再说……假设案发当晚，工作室里有个方便的‘灵魂容器’，你们不觉得会出现新的可能吗？”

“新的可能？”艾米利亚低喃。

他看看其他人，只见大家都眉头紧锁。就算思考，大概也没有具体的想法。一时沉默。

这时，艾米利亚脑中闪现微弱的灵光。

“难道，案发当晚，这里存在炼成了‘灵魂’的第三人？！”

3

“完全正确。”

特蕾莎露出满意的微笑。

周围一片哗然。

“不可能！”果然，克鲁兹率先大喊，“就算是假设，我也不承认这么巧合的存在！”

“巧合？你真这么想？”特蕾莎脸上贴着诡异的笑容，向克鲁兹逼近。

“论逻辑，你也承认当晚工作室内很可能存在没有放入‘灵魂’的机械人偶吧？既然如此，公开典礼前，不也很有可能进行向‘容器’里实际放入‘灵魂’的实验？”

“这、这个……”被特蕾莎逼到咫尺之间，饶是克鲁兹也张口结舌。她幽深的黑眸似乎有让人沉默的特殊魔力。

强行让最吵闹的克鲁兹闭嘴之后，特蕾莎优哉游哉地继续。

“昨天深夜——前夜祭结束后，费迪南德三世返回工作室，开始排演次日那一生难得的公开典礼。他朗诵想好的演讲稿，营造典礼效果，随后终于执行了最终阶段的‘灵魂炼成’。大获成功。他常年研究的结晶，新的赫蒙克鲁斯诞生了。彩排顺利结束，只需等待第二天到来。本该如此的。”

特蕾莎突然神情严肃。回过神来，在场全员都已被带入她的节奏。众人一脸认真地等她继续。

“按照费迪南德三世的计划，试验性地炼成‘灵魂’后，第二天还必须在众人面前再炼成一次，因此，他打算尽快抹消试验性炼成的‘灵魂’。利用‘第四神秘·灵魂解明’的第二步‘灵魂操作’，这可以轻松实现，然而……他的计算在此出现了差错。炼成的‘灵魂’拒绝被抹消，拒绝‘死亡’。”

这是未曾设想的可能性。然而，既然赫蒙克鲁斯拥有和人类一样的思维和感情，这也很合理。

灵魂即人格，或谓人性。社长见过刚炼成时的爱娜温，据他所言，她当时就有一定程度的记忆和阅历。那么——如果生父费迪南德三世要杀自己，拒绝也是理所当然。

“难道您想说，那个新生的赫蒙克鲁斯才是杀害费迪南德博士的真凶？”克鲁兹颤声问。

“真懂事，正是如此。”

“等等！这也太巧了！”克鲁兹的声音像在惨叫，“就算真如您所说，新的赫蒙克鲁斯是凶手，那它就该会用嬗变术！凶器黄金剑和被肢解的爱娜温身上都有嬗变痕，凶手就是嬗变术师或者炼金术师，这是毋庸置疑的事实！赫蒙克鲁斯是嬗变术师？我不能认可这种投机的假设！”

“不对，探长，我们从根本上就错了。”特蕾莎忽然循循善诱地说，“一切都是反的。”

“反的？”

“没错。黄金剑不是凶手嬗变出来杀害费迪南德三世的，而是费迪南德三世嬗变出来应对凶手攻击的。”

“呃！”克鲁兹一脸惊愕地倒吸一口凉气。

这是艾米利亚无法想象的逆向思维。崭新的可能性打破了案犯是炼金术师或嬗变术师的大前提。

“我按顺序说。新的赫蒙克鲁斯险些被抹消‘灵魂’，它加以抵抗，反过来伤害费迪南德三世。费迪南德三世大吃一惊，情急之下，将附近的黄金像嬗变为剑，以此应战。但不幸的是，嬗变的剑被赫蒙克鲁斯夺走，费迪南德三世不得不下决心彻底破坏赫蒙克鲁斯。在此之前，他大概打算最低限度地阻止它的行动，趁机抹消‘灵魂’。因为公开典礼就在明天，可不能让关键的新赫蒙克鲁斯破破烂烂。然而……状况由不得他这么从容。既然自己都有生命危险，彻底破坏也是无可奈何。费迪南德三世双手汇聚‘以太’，完成了破坏术式。他正要对准眼前的赫蒙克鲁斯释放术式时，又出现了意外。爱娜温冲到了他面前。”

“稍、稍等！”戴维斯似乎忍不住了，插话道，“为什么会这样？！爱娜温小姐跟人类一样有感情，她真心敬爱博士！在博士濒临生命危险时，她不可能捣乱！”

戴维斯说的对，艾米利亚想。他无法理解其中的因果关系。

“爱娜温敬爱费迪南德三世，这我不打算否定。”特蕾莎轻飘飘地说，“这正好证明爱娜温确实有跟人类一样的感情。所以，她一定对费迪南德三世抱有近似亲情的感情。在我看来，她确实有这类感情。”

爱娜温在前夜祭上曾说，她对博士抱有近似亲情的感情。

所以艾米利亚知道，特蕾莎所说的不是想象，而是真相。因此，他无法相信爱娜温冲出来捣乱的说法。

“如果爱娜温对费迪南德三世有亲情，”特蕾莎意味深长地缓缓说，

“对新出生的‘灵魂’，应该也有亲情吧？”

理解话中含义，需要一些时间。

爱娜温觉得……新生的赫蒙克鲁斯是家人？

“所以爱娜温无法忍受生父费迪南德三世和新的家人赫蒙克鲁斯互相争斗。”

这时，艾米利亚终于明白了特蕾莎想说什么。

“难道……爱娜温小姐冲出去，是为了阻止他们？”

“恐怕是。”特蕾莎点点头，“我只能推测爱娜温当时的心情……但那应该是情急之下的行动。她想阻止突然开始互相残杀的家人——几乎是莽撞地冲了出去。探长没亲眼见过会动会说话的爱娜温，可能难以理解，但公司的各位看了她一年，应该不觉得她这样行动很意外吧？”

特蕾莎慢慢环视室内。戴维斯、华莱士和保安都不掩困惑，但都没否定她的看法。

艾米利亚和爱娜温只有些许交集，却也觉得她采取如此行动并不奇怪。爱娜温就是这么像人类。

“爱娜温突然冲到眼前，费迪南德三世准星歪了，术式走火。嬗变术撕碎爱娜温，走火的反作用力破坏了他的双臂。这就是案件中出现嬗变术的根本原因。之后，新赫蒙克鲁斯趁费迪南德三世无法使用炼金术，用黄金剑给他最后一击——不可解的案发现场就完成了。”

无人言语。所有人都在仔细聆听特蕾莎的发言。

“我说凶手没想嫁祸于我，原因就在这里。现场真的只是偶然留下了嬗变痕。”

此时，掌声突然响起。众人一惊，循声望去，只见不合时宜鼓掌的是——克鲁兹。

他似乎想将此前混乱的节奏拉回到自己的步调，格外装腔作势地说：“哎呀，有趣有趣，帕拉塞尔苏斯上校，您真擅长以假乱真，比起炼金术，说不定更适合当诈骗师。如此能说会道，纯良的民众就算相信刚才的故事也无可奈何，我完全无意责备他们。然而，您那套虚张声势的把戏，对我这种刑侦专家可没用。”

“怎么回事？”华莱士担忧地问，“帕拉塞尔苏斯上校刚才说的，有什么遗漏吗？”

“不是遗漏，而是故意不说。”克鲁兹推推眼镜横梁，趾高气扬地说，“关于逃离三重密室的方法，帕拉塞尔苏斯上校还一句话都没说。”

有人“啊”了一声。冲击性的假设连续出现，艾米利亚也完全遗忘了此事。

确实如克鲁兹所言，特蕾莎刚才的假设缺少最重要的逃离路径部分。“入侵”这一环节通过“在室内诞生”的假设强行跳过了……但只要没消除逃脱的不可能性，这个假设就是纸上空谈。

克鲁兹指出的正中要害……但不知为何，特蕾莎仍然笑容洋溢地盯着他。

“如果是你，说不定能明白……我还很期待呢。”

“啊？”

“我们亲眼见过会动会说话的赫蒙克鲁斯爱娜温，存在难以打破的先入观念……而你，没有亲眼见过赫蒙克鲁斯的你，说不定能根据逻辑，在我说话过程中找到最终的答案。我是这么想的……有些遗憾啊。”

“这话什么意思？”克鲁兹猜不透特蕾莎言下之意，不知所措，欲言又止。

艾米利亚尝试思考他刚才的话有何遗漏，但并无结果。其他人同样不安地盯着特蕾莎。

特蕾莎慢慢环视众人，再次朗声开口："案发当晚，这间工作室存在我们所不知的第三人，这在逻辑上没错。各种证据都显示这个第三人杀了费迪南德三世，但当我们进入工作室，这里只有费迪南德三世的遗体和支离破碎的爱娜温。所以自然凶手逃出了这间三重防御之下的牢固密室。这就是所说的合理结论。"

"可是老师……"艾米利亚不禁出声，"按您的逻辑，凶手……新的赫蒙克鲁斯不会用嬗变术，跟普通人没有区别。连'世界第一天才'费迪南德博士都无法逃脱的闭锁工作室，普通人绝对逃不出去。"

听到艾米利亚指出的问题，戴维斯和华莱士都用力点头。这间三重密室是他们的自信之作。站在他们的立场上，大概难以接受特蕾莎所说的合理结论。

而特蕾莎兀自冷静地继续。

"基本上，我认为艾米利亚主张正确。这间三重密室关了那个天才炼金术师整整三十年，普通人不可能出得去。在场肯定没人能办到。在这层含义上，这间'牢房'很完美，但——凡事都有例外，这次则是例外中的例外。费迪南德三世逃不出去，新的赫蒙克鲁斯却能做到。这是有理由的。"

"请别兜圈子迷惑我们了！"

克鲁兹终于发脾气了。但他的心情可以理解。特蕾莎的话太过抽象，莫名其妙，简直像欺诈手段，隐约透出控制听众思维的意图，让人很是不适。

然而，似乎他的愤怒也尽如特蕾莎所料，她再次满足地笑了。

“也就是说，新的赫蒙克鲁斯是小孩体型。三岁左右。”

原来是这样。艾米利亚终于明白了。

一切都超出常识。艾米利亚一介凡人，不可能有这种破天荒的想法。

在他之后，其他人也理解了特蕾莎的话，纷纷陷入沉默。

“爱娜温是费迪南德三世的助手。因此我们下意识认为，赫蒙克鲁斯做出来就是成人体型，忽略了如此单纯的结论。赫蒙克鲁斯是‘灵魂’的‘容器’，身体大小其实无关紧要。实际上，新的赫蒙克鲁斯正是三岁孩童大小。因此，凶手得以从垃圾槽离开这间工作室。”

垃圾槽开口宽二十厘米，高十五厘米。成人无法通过，小孩却能勉强通过。

逃脱手段太过简单，根本与世界巅峰的三重密室无关。

“就、就算如此……”克鲁兹不掩动摇地反驳，“三岁小孩挥动那么大的剑刺死费迪南德三世，这实在……”

“费迪南德三世制作的赫蒙克鲁斯身体是机械，臂力应该比看起来要大。我就见过纤细的爱娜温轻松举起二十千克的铜像。”

在工作室初次见面时，爱娜温确实轻松举起屋角铜像，搬到两人面前。当时，艾米利亚很佩服她身材纤细却力量强大。

公司一众并未反驳特蕾莎，由此看来，他们过去恐怕也曾多次看过类似场景。

“但、但是……博士为什么要设计那种赫蒙克鲁斯？”戴维斯的声音颤抖而沙哑，“如果年龄跟爱娜温小姐相仿，就能当助手使用……三岁左右的赫蒙克鲁斯，究竟能派上什么用场？”

特蕾莎索然地耸耸肩。

“谁知道？肯定是因为他喜欢小孩子吧。爱娜温虽然外表是成人，但作为助手来说，长得太可爱了。就算费迪南德三世有这种特殊爱好，也没什么奇怪的吧，毕竟，新的赫蒙克鲁斯好像也是女孩子。”

克鲁兹紧紧咬住特蕾莎的嘲讽。

“新、新的赫蒙克鲁斯是女孩……您有什么证据？”

“特利斯墨吉斯忒斯警局的警官亲眼看到了。有对母女在港口上了警察的船，这个报告你收到了吧？那个女儿就是我说的赫蒙克鲁斯。论逻辑，这是唯一的可能。母亲我说不好，大概是同情重感冒的小女孩而帮忙的好人，或者单纯是花钱雇来的。前往外部医疗机构的许可证应该在港口某个人手上，那肯定是伪造的，能成为重要证据。这件事应该快报告到你这儿了。”

克鲁兹懊恼地频频轻颤，噤声不语，大概已经承认特蕾莎的逻辑具备一定合理性。

“但……我有一件事不明白。”华莱士开口，“如果是这样，为什么帕克先生会被杀？对凶手赫蒙克鲁斯而言，杀害博士算是半个意外，她拼命逃出去，应该想尽快离开特利斯墨吉斯忒斯。我不明白她为什么要费事杀掉帕克先生。”

杀害费迪南德三世到逃脱的过程都出乎意料，以至于让人几乎忘记了此事。这样一想，帕克遇害确实不合理。

“问得好。”特蕾莎夸奖华莱士，“我刚刚也提过，赫蒙克鲁斯在‘灵魂’炼成时就具备一定程度的常识和知识。所以，她的认识中自然也有开发部部长。我因此发现，开发部长恐怕知道费迪南德三世做了个儿童赫蒙克鲁斯，所以不得不被杀。如果最接近真实的帕克发现了案件真相，她的未来会遭到威胁，搞不好还会立刻落网。所以她杀了他。或许她还有开发部部长挑选人体实验对象的记忆，觉得那是自己这种不幸‘灵魂’诞生的原因，因此心生怨恨……这我实在不能确定。总之，新赫蒙克鲁斯有充分动机杀害开发部部长，这是事实。”

特蕾莎一时沉默，再次环视众人，右手贴胸，左臂展开，行了一礼。

“我的推理到此为止，感谢聆听。异想天开的炼金术奇案就此落下帷幕。‘灵知’面前全无秘密，神明座下万物皆裸。伟大的炼金术师费迪南德三世的‘灵魂’回归‘阿卜苏’[1]，终有一日会再次降临人世。‘特利斯墨吉斯忒斯’，其原意为‘三重伟大之人’，正是适合费迪南德三世的称号。各位绅士淑女，请勿忘记他的伟业与名字，直到他重回世间。”

朗声说完，王国炼金术师特蕾莎·帕拉塞尔苏斯露出了目中无人的笑容。

1　美索不达亚神话中的原神之一，司掌一切诞生与毁灭，象征着一切的根源。——译者注

第八章

阿尔卡黑斯特的炼金术师

1

艾米利亚·施瓦兹德芬走下蒸汽快车，来到月台。阳光如注，他不由得皱起眉头，赶紧扬起左手遮阳。

指缝洒落的阳光已经彻底带上夏日的锐利。今年春天似乎很短。艾米利亚不太喜欢夏天，假如可以，他想再尽情享受享受春日，但神明好像没那么多闲暇来满足他的任性。

这个季节北部还很冷，导致艾米利亚今年没能如愿享受春天。但他也觉得，人生就是如此不如意。能这么想，或许说明他最近数日略有成长。

他在炫目的阳光下眯起眼睛，回想这几天的事。

破案已经一周。说白了，每天都波澜万丈。

正如特蕾莎推理的那样，那对母女在港口提交的许可证是假证，垃圾槽内部也找到了有人通过的灰尘痕迹。她推理的正确性得到确认，两人顺利无罪释放。

摘掉脖子上危险炸弹的瞬间，艾米利亚终于发现一切都已结束，安心得浑身瘫软。自身所处状况和颈上炸弹带来的压力似乎超出想象。特蕾莎狠狠嘲讽他软弱没出息，但对那时的他来说，这种玩笑话听着也很舒心。

那天晚上，戴维斯盛情邀请他们留宿公司。特蕾莎和艾米利亚没向警方泄露自己差点被墨丘利绑架，算是卖了他一个莫大的人情，为此，他打算全力款待他们。作为关键人物的特蕾莎似乎不以为意，但还是接受了这番盛情。

消息当晚就已解封，墨丘利公司炼金术师的死讯瞬间传遍全世界。

邻国巴力帝国似乎早已听到风声，正准备趁乱进攻王国。然而出乎意料，王国并未大乱，其计划不了了之。说来奇妙，费迪南德三世之死刚好让各国都拥有一个炼金术师，保住了力量平衡。这大概也是影响因素之一。

墨丘利公司失去炼金术师，损失惨重。戴维斯满脸倦容地说，“以太之光”无法稳定供给，难免影响亚斯塔禄王国的经济。至少海上移动共和国雅姆就因此要求王国下调关税，给王国经济造成了巨大损失。墨丘利自然受到余波冲击，戴维斯社长还要继续遭罪。“如果没有那次绑架，自己多少还能产生点同情心。”艾米利亚略带遗憾地想。

次日，艾米利亚空前清爽地醒来，返回王都埃特曼安吉。特蕾莎要协助处理案件，还得在特利斯墨吉斯忒斯稍做停留。他总算不用当她的保姆了。

“姑且不论你又啰唆又迟钝又软弱，完全不是我的菜，这几天还是挺好玩的，艾米利亚小弟。”

道别时，特蕾莎握着他的手说。

“我也学到了很多。您粗鲁、无耻又卑鄙，是我至今见过最恶劣的人。我仍然讨厌炼金术师，但……我唯独不讨厌您。要不然，您就会被全人类讨厌了。”

艾米利亚还以嘲讽，独自离开特利斯墨吉斯忒斯，乘船渡湖，坐上戴维斯安排的飞机，回到埃特曼安吉。

他立刻前往军务部办公楼，向亨利·弗维尔局长汇报任务已经完成。

一开始听说艾米利亚意外活跃，袒护特蕾莎、冒险帮忙探案时，亨利面有难色。但他也承认，抓住墨丘利公司的弱点、继续保持国内外力量平衡是件好事，答应如约让艾米利亚升迁到局长直属岗位。不过，他仍旧排斥炼金术等种种神秘，不满“阿尔卡黑斯特”继续存在。

波折重重，但似乎一切顺利。艾米利亚松了口气，又赶紧返回自己本来的任务地——北部战线。

几天不见，北部的深山和平如常，让人错觉只有这片空间的时间处于静止状态。

艾米利亚向追随自己至今的部下透露了调岗的消息。他们一边惋惜，一边为他荣迁而感到高兴。最后一天，他们用此前收获的庄稼给他开了场欢送会。

艾米利亚第一次知道，他这么个体力匮乏、只有嘴上功夫的长官，居然很受部下仰慕。

欢送会席间，在艾米利亚任职后便一直支持他的副官科林中士一张胡子脸糊满酒水和泪水，硬是搂着他肩膀说：“我知道少尉不该待在这种地方……但没想到这么快就要分别了，我好寂寞！喂，兄弟们！庆祝少尉荣升，再干一杯！”

“哦哦”的粗野喊声响彻营地，众人将瞒着总部用粮食酿造的酒一饮而尽。艾米利亚不胜酒力，本想少喝点，但囿于部下们一片心意，一高兴就喝过了量，不知不觉失去意识。

次日清晨，一群脏兮兮的男人在狭窄的作战司令室里睡得横七竖八，艾米利亚在严重的头痛和呕吐感中醒来。上班时间早就过了，但反正没人批评，他索性让他们睡个够。

在宿醉的折磨之中，艾米利亚收好了自己的行李。一个月虽短，他却收获了前所未有的种种知识，因而深切地感到：虽然痛苦，但这也是人生必需的经历。

部下终于醒了。他与他们最后一次道别，然后登上列车，一路摇摇晃晃，前往王都埃特曼安吉。

2

下车后，艾米利亚百感交集地走向第三联用大楼。

目的地并非情报局局长办公室，而是地下的特蕾莎实验室。

破案一周了。他一直在思考，但仍然没有答案。自己肯定缺少指向案的关键情报。

他敲响拷问室一般的厚重门扉，果然没得到回答。这次，他不以为意地走了进去。

门一开就飘来一股潮湿的酒臭。他皱起眉头，继续前进。

意料之中——尽管是上班时间，美丽的炼金术师却单手拿着酒瓶，倒在沙发上烂醉如泥。

嘴角自然地浮现笑容。他一开始明明轻蔑且憎恶如此吊儿郎当的人，现在却觉得这才是特蕾莎，甚至为此安心。艾米利亚一边为自己的心境变化而困惑，一边摇晃特蕾莎的肩膀。

“老师，醒醒，您这样醉倒会感冒的。”

“嗯……吵死了……再十分钟……”

“年轻女性门都不锁就毫无防备地睡成这样，本身就不对劲。请您更有危机感一点。虽说这里是军务部，但毕竟是男性中心社会。”

“我设了术式，哪个男的敢碰我一根手指就会被炸飞，没事……”

“可是我正在触碰您哦？”

说不定几秒后就会爆炸。艾米利亚一阵焦虑，结果什么都没发生。看来又是一如既往的胡说八道。

闹着闹着，特蕾莎长长的睫毛一阵颤动。她缓缓抬起眼睑。

“嗯啊，你在干吗啊，艾米利亚小弟……观察淑女的睡相，这爱好可不好……”

“都怪您自己喝醉了。给，水。”

艾米利亚递出事先备好的水杯。特蕾莎不情不愿地接过，白皙的脖颈里咕噜作响，水被灌下了。

“呼，活过来了……我常常在想，人活着，可以说就是为了在醉酒的早晨喝满满一杯水。”

“一周不见，您健康比什么都好。”

“啊，已经这么久了啊……年纪一大，时间感就不正常了……”特蕾莎胡乱挠挠起床后的一头乱发，“你还好吧？”

“托您的福，很顺利，明天就能在总厅上班了，所以顺道过来打个招呼。虽然之前也没受您照顾，还是姑且……”

说完，艾米利亚把自己带来的瓶子递给特蕾莎。里面装着品质不错的蒸馏酒原液。

“也算跟您说好的。就当我升官的纪念，收下吧。”

“你真是规矩得像只小狗啊。”特蕾莎敬佩地嘟囔，“那我就感激地收下了。我不打算卖你人情，但也不是不想庆祝你升官。没办法，就破例请你喝杯红茶吧。”

特蕾莎慢慢起身离开沙发，用烧杯和酒精灯迅速泡了红茶端来。这还是她第一次为自己做些什么。艾米利亚困惑地接过杯子。

红茶香气高雅，味道也很符合他喜好。

“老师虽然是个恶人，但品位基本都很好。”

“没有比这更好的赞美了，多谢。”

特蕾莎完全不介意艾米利亚的讥讽，像猫一样快乐地眯细圆圆的眼睛，津津有味地啜饮刚泡好的红茶。

“话说，案子还真棘手啊。”

“案子？啊，费迪南德三世那个啊。嗯，确实很麻烦。”

说得就像是几年前的事一样。语罢，特蕾莎咴咴笑起来。

“探长那副表情还真绝，简直像掉进陷阱的狐狸。”

这么一说，艾米利亚想起来了。特蕾莎推理过程中，警察总部的精英探长频频眉头紧锁，眼镜都险些滑落，最终一副灵魂出窍的模样。

“您不该戏弄他。”艾米利亚姑且责备了一句，“而且，我也理解克鲁兹探长的心情。这么违背常识的案件，实在前所未有。”

“我当时的推理，你觉得怎么样？”

“我？”话题突然指向自己，艾米利亚困惑道，“这个嘛，虽然不太愿意承认……但我大感佩服。那种违背常识的案子，肯定只有您能解决。”

“哦，真会说话。”特蕾莎心情大好地说着，突然一拧嘴角，卑劣地笑道，“但那全是胡说八道。”

3

“啊？”

艾米利亚无言以对。这个人格缺陷者突然在说些什么？

特蕾莎看着他，恶俗地嘻嘻笑。

“表情不错，傻得我都想拍成照片保存了。比起那种讨厌的精英男，你这种清纯男孩的表情果然好一百倍。嗯，哪怕只是为了现在这个瞬间，我那套谎话也编得有价值。”

特蕾莎满足地频频点头，又喝一口红茶。

见她这番行云流水得让人气恼的举止，艾米利亚终于找回了语言能力。

“等、等等……欸，什么？怎么回事？当时的推理——”

“全是弥天大谎。”

特蕾莎笑着，嘴角翘到了极限。

“你倒是想想。如果能自由自在地制作和抹消‘灵魂’，根本没必要制作新的赫蒙克鲁斯来实际演示‘灵魂炼成’，只要暂时抹消爱娜温的‘灵魂’，之后在公开典礼上重新炼成就行。换句话说——仅凭这点根据，就能推翻我当时的推理。那只是纸上空谈。”

艾米利亚听懂了特蕾莎的话，却完全不明白她想表达什么。

特蕾莎愉悦地看着困惑的艾米利亚，单手端着茶杯说：“不过，也不全是假的。那天晚上，大概确实有个新的赫蒙克鲁斯，并且肯定是小孩体型。要不然，逻辑上无法破解那间密室。证据确实存在，可以认为这是事实。但其他全是谎话，是我的创作。编得很震撼吧？”

特蕾莎抛来一个意味深长的秋波。艾米利亚无言以对。他的大脑正在拼命整理刚才这番话。儿童赫蒙克鲁斯确实存在，除此之外全是谎言——这究竟是什么意思……

想也想不出答案。艾米利亚沉默地聆听特蕾莎的话。

“那么，我为什么要冒险展示那种虚假的推理？心血来潮啦，想玩玩那个讨厌的探长啦……次要理由很多，但其中最重要的，还是对费迪南德三世的敬意。”

“敬意？”

“没错。毕竟，他始终把本天才完全蒙在鼓里。”

特蕾莎的话出乎意料。艾米利亚困惑道：“蒙在鼓里？您？究竟怎么回事？”

“嗯……我从头开始说吧。”特蕾莎竖起修长的食指，一圈圈旋转，“我应该说过，这起案件最大的谜题不是密室也非凶手，而是为什么用炼金术行凶，为什么表演‘不可能犯罪’，为什么要选那么特别的日子？我之前提出的新赫蒙克鲁斯凶手论一定程度上解释了这几个问题，但那毕竟是纸上空谈，答案还需要重新考虑。这就会引发一个疑问：费迪南德三世为什么要特意制作儿童型赫蒙克鲁斯？”

“这……您说过，因为他喜欢……”

“别把那种戏言当真。”特蕾莎做作地叹了口气，“就算真是那样，设计的尺寸刚好能通过狭窄的垃圾槽，这也太巧了吧？”

“您是说，制作赫蒙克鲁斯，一开始就是为了通过垃圾槽？”

“正是。但是为什么？这个难题，终究只有一个答案。”

特蕾莎果断宣告。

“是为了逃出工作室。”

艾米利亚莫名其妙，沉默片刻。

“等、等等。逃出工作室？谁？为什么？”

“谁？当然是费迪南德三世啊。”特蕾莎仿佛在说理所当然之事，“这就是所说的逻辑推论。”

“我能理解您的意思。”艾米利亚勉强点点头，“费迪南德博士确实在那间工作室被软禁了三十年，当然会想逃跑。但……这跟儿童赫蒙克鲁斯有什么关系？”

“嗯，这就需要跳跃思考了。”特蕾莎似乎很高兴，突然改变了话题，“对了，艾米利亚，你看到费迪南德三世，有没有觉得哪儿不对劲？他在前夜祭上的表现是最大的线索。你不觉得他的行动不自然吗？”

“就算您突然这么说……”

艾米利亚闭上眼，试着回忆前夜祭的场景。

前夜祭的费迪南德三世……至少当时没感觉到任何不自然。他和爱娜温一起问候来宾，偶尔展示炼金术，最后上台演讲——

“对了——”微小的细节突然掠过脑海。

就他所见，前夜祭上，费迪南德三世没向任何人介绍爱娜温。爱娜温始终跟在他身后，目中无人、魄力十足的冷脸让周围的人倍觉诡异。很明显，爱娜温与那场派对格格不入。派对是费迪南德三世的社交场合，他当时切换为社交型人格，也能说明这一点。让来路不明的爱娜温始终陪伴自己参加与各地权威保持联系的重要仪式，回头想想，确实极不自然。

但他不知道这种不自然代表什么。

他如实相告，特蕾莎居然露出了微笑。他满以为会接到一两句嘲讽，因此有些泄气。

“那我反过来问问，没和爱娜温在一起的时候——特别是一个人演讲的时候，费迪南德三世怎么样？”

“怎么样……”艾米利亚词穷了，“很正常啊。虽然有点装腔作势，但作为面向普通人的演讲，他技巧很熟练。”

“顺便问一句，演讲过程中，他展示过哪怕一次炼金术吗？”

“没有。”艾米利亚搜寻着记忆，摇摇头。

“正常来说，如果打招呼时随性展示炼金术，演讲时炼成一根黄金擀面杖，不是更能带动会场气氛吗？”

“这……可能的确……”

“那他为什么没那么做？我要提出一个假设。演讲时，费迪南德三世想展示炼金术却展示不了。”

“想展示却……展示不了？”艾米利亚莫名其妙。

“没错。为什么展示不了？哪个条件跟演讲前不同？艾米利亚，你应该知道。”

特蕾莎凝视着艾米利亚，以此拷问他。

艾米利亚被拥有黑玛瑙般幽深色调的眸子攫住，在略微加快的心跳中思考。

“硬要说的话，只有爱娜温小姐不在附近这一点了。”

“那么，为什么爱娜温不在附近就用不了炼金术？”

“这……”艾米利亚再次思考。思路应该没错，只要为这个疑问连上逻辑推论即可。“我能说句荒唐无稽的话吗？”

“但说无妨。”

“那……这个假设真的很蠢……使用炼金术的其实是爱娜温小姐……

什么的？”

说完，艾米利亚做好了再次被嘲笑的准备。

特蕾莎的回应却出乎意料。

“你也学会自由联想了啊，艾米利亚小弟。刚见面时，我还觉得你是块无聊的木头，唯一的优点就是严肃。一阵子不见，你已经扭曲成我喜欢的模样了。”

她好像很高兴，不知是在夸他还是在贬他。

“你一度想要否定的这个‘愚蠢’假设，才是解开这起迷案的关键。”

“关键？”

艾米利亚尚未理解特蕾莎所言。说到底，使用炼金术的不是费迪南德三世而是爱娜温？莫名其妙。他只是极其被动地胡说，觉得逻辑上并非得不出如此假设……

“线索在开发部部长说过的话里。”特蕾莎意气风发地继续，“他在发现费迪南德三世的遗体时说过什么，你记得吗？”

“不，实在不记得那么多。”

“他当时是这么说的，‘博士，求求您……睁开眼睛……’。”

“这哪算线索？又没什么奇怪的……”

“费迪南德三世死时明明睁着眼哦？”

此话一出。

艾米利亚想起他的死状，浑身寒毛倒竖。

啊……可恶……怎么会这样！

双臂遭到破坏，费迪南德三世的遗体被黄金巨剑钉在墙上。他的双眸宛如留恋人世般空虚地睁开，盯着什么东西。

相对地，爱娜温支离破碎地倒在他脚下，双眸紧闭——

“爱娜温小姐才是费迪南德三世？！”

听见艾米利亚所说，王国炼金术师特蕾莎·帕拉塞尔苏斯像那天一样，面露异常可怕的微笑。

“这正是‘灵知’的引导。”

4

艾米利亚无言以对。思维高速运转，想起此前一幕幕。

那晚，特蕾莎失魂落魄呢喃的“全是反的”，正是字面含义。

“那来回顾回顾吧。假如爱娜温的真实身份是费迪南德三世，赫蒙克鲁斯的内核——‘灵魂’就是费迪南德三世的灵魂。得到炼金术才能的是‘灵魂’，就算‘容器’改变，也能顺利使用炼金术。当然，没人做过这种实验，这只是假设……恐怕费迪南德三世通过‘第四神秘·灵魂解明’第二步‘灵魂操作’将自己的‘灵魂’移到赫蒙克鲁斯体内，就此诞生了外表是女性的赫蒙克鲁斯、‘灵魂’是费迪南德三世的奇妙炼金术师。”

前夜祭时爱娜温曾说过“若有不带任何信息的‘肉体’，就可能实现交换‘灵魂’”，同时还提到过炼金术的才能取决于“灵魂”。

或许，他当时是在漫不经心地提点艾米利亚。但事到如今，一切当然都只能想象。

“等、等等！博士说他通过‘灵魂炼成’完全解明了‘第四神秘’！但如果其实只进行了‘灵魂操作’……”

“没错，费迪南德三世尚未完全实现‘第四神秘·灵魂解明’。”

深信不疑的前提连续崩塌，艾米利亚头晕目眩。

“那个自称费迪南德三世的青年是？”

“应该是被带去工作室配合实验的流浪汉。”特蕾莎若无其事地说，“也就是说，其实没有人体实验，只是把无依无靠的流浪汉带进工作室，让费迪南德三世亲自面试。脸得像年轻的自己，最重要的是，因为要扮演自己的替身，还需有一定程度的知性。为了考察这些，他进行了好几次面试，最终顺利合格的，就是原本在流浪的青年。”

“那废弃物处理厂发现的人骨是？”

“既然不是流浪汉的骨头，应该就是衰老的费迪南德三世本人。”特蕾莎不以为意地断言，“‘灵魂’移进赫蒙克鲁斯，衰老的肉体就没用了。”

“那，从工作室回来的人为什么什么都不记得？”

“面试这码事可不能泄露出去，肯定用了什么药。他有化学博士头衔，配药肯定手到擒来。”

艾米利亚无言以对。他感到一种现实即将统统天翻地覆的恐惧。

“费迪南德三世顺利找到替身，姑且对他进行了炼金术教育。替身大概本来就很聪明，很快就能模仿费迪南德三世了。又或者……看那装腔作势的样子和长相，也可能是落魄的演员。算了，事到如今也没办法确认。总之，一切准备就绪，某天，费迪南德三世将‘灵魂’移进爱娜温，青年则转而成为费迪南德三世。开发部部长知道一切，所以情急之下，当时才会呼唤爱娜温。”

“但……但是，为什么要这么大费周章？”

为什么不惜谎称完全实现了“第四神秘”，也要如此大费周章？

“这还用问吗？”

特蕾莎似乎完全不觉得不可思议，平静地回答："一切都是为了在公开典礼前夜逃出工作室。"

5

"既然已经分享了真实的前提条件，就进入正题吧。"

特蕾莎搓着双手，好像来兴致了。

"费迪南德三世成为爱娜温，瞒着周围获得了疑似的不老不死。曾是流浪汉的青年扮演稀世的炼金术师，获得了工作、地位和名誉。必要时，爱娜温在他身后使用炼金术就行。这种关系可以说是利害一致。虽然他注定会在某一天死于非命……"

艾米利亚喝了口红茶。茶水不知何时凉透了，味道苦涩。

"总之，新生活开始，第一件事就是开发新的赫蒙克鲁斯'容器'。费迪南德三世的灵魂所在的爱娜温一方面对周围谎称这是'第四神秘'的确认实验，一方面稳步准备自己的逃脱计划。他得到了替身青年这个优秀的助手，'容器'开发应该比预料得更顺利。一年之后，儿童型赫蒙克鲁斯容器成功完成。他将它暂时藏在工作间深处，正式与开发部部长和社长商量'第四神秘'公开典礼。"

"帕克部长不知道新'容器'的事吗？"

"大概知道做了新型，但不知道是儿童型的。如果让他知道太多，他可能会发现真相。"

特蕾莎似乎料到艾米利亚有此一问，答得很平静。

"然后——命运之夜降临了。"

艾米利亚下意识吞了口唾沫。混乱案件的谜底终于要揭晓了——

“前夜祭结束，爱娜温回到工坊，首先说要彩排公开典礼，将自己的‘灵魂’再次转移到新型容器里。然后，他找准时机，用炼金术破坏替身青年的双臂，再将黄金像嬗变为黄金剑，刺死了他。”

“破坏双臂，是为了制造替身青年是炼金术师的假象吗？因为没人能杀害双臂完整的炼金术师……”

“有这个原因，但还有两个更重要的理由。”

说着，特蕾莎竖起食指。

“第一，是为了让费迪南德三世左手的‘神印’无法确认。毕竟那是替身。检查遗体，立刻就会暴露不是本人。”

接着，她竖起中指。

“第二，是为了让遗体的指纹无法确认。他双手戴着手套，手套上写着术式，让人误以为这是炼金术必需的，但其实他只是为了防止在室内留下指纹。他使用炼金术时双手动作那么大，或许也是不让人们注意身后的爱娜温。你能亲手使用炼金术，应该知道那么夸张的动作毫无意义吧？”

“确实。”

艾米利亚只能承认特蕾莎所言正确。他使用炼金术时会触摸炼成对象，或者通过眼神操作“以太”，事前完全不需要仪式性动作。但这些因术者而异，不能一概断言不需要仪式性动作。为了集中注意力，也有术者需要某种关键动作。

就这样被说服也没意思，他尝试从其他角度进行反驳。

“可是，三岁小孩体型的赫蒙克鲁斯居然能用那种成人也难以驾驭的大剑刺死替身青年，就算赫蒙克鲁斯的臂力与外形无关，这还是不合理。”

“嗯，确实不合理。”特蕾莎表示同意，“在墨丘利破案时虽然顺利蒙混过去了，但三岁小孩确实很难使用黄金长剑。臂力再怎么大，都无法违背杠杆原理。就算举得动，也难以保持平衡。”

“那——”

“但这起案子无所谓。”特蕾莎柔和地微笑，“毕竟赫蒙克鲁斯内部是炼金术师，能用将黄金像嬗变为剑时的剩余能量直接把剑发射出去。”

这么一说，艾米利亚想起来了。现场调查时，特蕾莎也说过同样的话。

按部就班，面面俱到。混沌逐渐散开，其后残留的究竟是——

“将青年钉到墙上的瞬间，警报识别墙壁出现物理损害，响了。时间紧迫。费迪南德三世把以前的女性容器搬到尸体脚下，再次用嬗变术破坏。这样一来，不管对外还是对开发部部长，都能显示费迪南德三世已经彻底死亡。之后，从垃圾槽逃出去就结束了。”

“那后来杀害帕克部长……”

“是为了堵上他的嘴。他知道费迪南德三世更换身体的秘密，就怕有个万一。进入新容器后，费迪南德三世最担心的就是如何杀害开发部部长。幸运的是，案发后部长身体不适，返回家中，给他带来了方便。如果部长待在公司不走，想杀也杀不掉。他也可能利用了部长胆小的性格，故意分享特大机密给他施压，导致他在案发后身体不适……但这都只是推测。不论如何，他轻松杀害了开发部部长。随便找块木头就能用炼金术做出部长家的钥匙，一旦潜入，就能利用小巧的身体藏在室内找准时机动手。最后，只要用事先伪造的许可证逃离特利斯墨吉斯忒斯，计划就全部完成了。能找到人扮演母亲，运气倒是好得出奇。”

说着，特蕾莎闭上眼，缓缓摇头。

“在我发现真相时，一切都结束了。那个天才打败了我。因此，我向他致敬，捏造了以他死亡为前提的虚假推理。”

“这就是……真相……”

艾米利亚失魂落魄地呢喃。他们从来都只是棋盘上的小棋子，不可能破坏费迪南德三世的宏伟计划。

唯一的例外，就是和他一样拥有至高智慧的特蕾莎——

想到这里，艾米利亚心生疑问。

“如果是这样……为什么要策划公开典礼？就算不举办典礼，悄悄做个儿童型‘容器’，悄悄杀了替身，悄悄破坏掉女性‘容器’，悄悄从垃圾槽逃走，也能实现伪装自身死亡和逃跑的双重目的。事情闹大只会牵扯更多人，我觉得不怎么聪明……”

“大概是因为完成儿童‘容器’时，他听说有个新的炼金术师来到了王国。”莫名其妙的回答。

艾米利亚觉得这不算回答问题，皱起眉头。特蕾莎温柔地说：“也就是说，费迪南德三世的目的是让王国的炼金术师——也就是我卷入案件。”

“什么意思？”艾米利亚慎重地问。

“我刚才也说过，这起案子最大的疑点是为什么用炼金术行凶，为什么表演‘不可能犯罪’，为什么要选那么特别的日子？假如用事前准备的匕首杀死替身，用爆炸物破坏他的双臂，再用合适的工具破坏女性“容器”，事情就能在不把嫌疑人锁定为炼金术师和嬗变术师的情况下了结。这些明明都不难，费迪南德三世却故意用炼金术行凶。犯案后，他大可在墙上开一条联结地底和地面的通道，让案件成为炼金术师或嬗变术师实施的普通犯罪。最重要的是，他随时都能动手，却特意选在公开典礼前夜。理由只有一个。”

特蕾莎眼中溢满宁静的光芒，说道："因为我只有那天那时在场。也就是说，这一切都是为了强行将我卷入案件。"

她自信十足地断言，艾米利亚却一个字也无法理解。

"也就是说，他想嫁祸于您？"

"不，不是……应该说——他是为了让我破案，才故意设计让我背上嫌疑。"

"让您……破案？为什么要这么兜圈子？"

艾米利亚还是不太明白。特蕾莎循循善诱地继续说："说到底，我不明白费迪南德三世为什么想逃出舒适的墨丘利公司。或许没有理由，只是想到了逃跑的方法，单纯进行实践。这个问题跟'先有鸡还是先有蛋'一样，思考越深越没意义。不过，想挑战难题是人之常情。他肯定愿意思考不依靠挖掘密道之类体力劳动，奇迹般逃出自己从前设计的完美三重密室的方法。然后——他终于想到了这种方法。专门准备能通过垃圾槽的'儿童型'容器来逃跑，一定有这种原因。"

这是符合特蕾莎意愿的想象。然而，考虑到对方是稀世天才费迪南德三世，这想象合理得可怕。

"然而，就在他制定好周详的计划，周到地进行准备，终于有机会实施之时，王国出现了另一个炼金术师——也就是我。听到这个消息时，他突然觉得，只是逃跑还不够。"

"不够？"

"嗯，他的计划很完美，只要执行，就绝对能如计划一般逃出最高难度的三重密室，还能让世间周知费迪南德三世死于非命。然而，他得知触手可及的范围内有另一个相对接近自己的天才，于是产生了欲望。计划完美无缺，他希望有个自己以外的人来揭穿它。”

忽然之间，艾米利亚想起了面无表情的美貌女仆说过的话。

“上了年纪就会寂寞，尤其他那样的天才……一直无人理解。因此，能得到帕拉塞尔苏斯上校这个独一无二的知音，他很高兴。当时在工作室说的那些话……无疑是阁下费迪南德三世的肺腑之言。”

原来如此——事到如今，艾米利亚终于理解了一切。

为了填补天才独有的孤独，强行牵涉进另一个天才。

这起案件的根本动机是任意如孩童，纯粹至极的——愿望。

从未得到过真正理解的天才，希望有机会得到有生以来第一次真正的理解——小小的利己主义。

胸中郁结忽然解开，清爽得不可思议。

“什么是真相，你按你的想法决定就好。刚才的推理只是我自说自话的假设，一个证据都没有。那天晚上捏造的推理才是真相的可能性也并非为零。不论如何——所谓真相，无非是一种观测者基于自身方便决定的主观妥当可能性。”

说完，特蕾莎喝了口红茶。茶大概已经凉透了，她皱起眉。

“对了，你到底来干什么的？”她重新提出根本问题，“总不可能真是来问候我的。”

各种冲击性事实交相重叠，艾米利亚一时没想起自己来这里的理由。数秒沉默之后，他终于记起自己本来的目的。

“其实，我有件事实在不明白，来问问您。”

“嘿，值得表扬。”特蕾莎不知从哪儿变出牛奶，倒进凉透后变苦的红茶，漫不经心地回应，“你不明白什么？”

“那天晚上，”艾米利亚边回忆一周前的夜晚一边问，“我说我是炼金术师，您说我们是完全相反的同类。您还记得吗？”

“嗯，当然。”特蕾莎用细长的勺子搅拌着红茶，答道，“那是破案的线索，我记得很清楚。怎么了？”

“仔细想想……我不明白您的意思。确实，您不认真，我还算认真，说相反可能也是相反，但相反的共同点只有这个，我不明白‘完全相反的同类’是什么意思……硬要说的话，‘男和女’倒也是相反的要素……”

“我是女人却穿男装，你是男人却取女名。你不觉得这也是相反的重要理由吗？”特蕾莎果断反驳。

“这大概不是‘相反’，而是‘同类’的要素。不管如何，表述还是不自然。”

艾米利亚微微倾身，盯着特蕾莎的脸。

“而且，您当时有话没说完。听您当时的语气，那应该是个非常重要的秘密。您当时究竟想说什么？我实在不明白，今天才过来了。结果还没开口，就被重拳一顿痛打。”

艾米利亚苦笑。特蕾莎的表情意外认真。

“没什么大不了的，肯定是你想多了。而且，我既然是这种人，说不定又会信口开河，耍得你团团转。你是明白这些才问的吗？”

“嗯，那样也没关系。”艾米利亚回答。

他自己也没想到心情会这么平和。

“只要没有后顾之忧，我就满足了。”

两人在咫尺之间互相凝视，时间沉默地流淌。

不知过了多久，特蕾莎突然移开视线，表情变得柔和。

“好吧，我投降。你就是那种人啊，看着严肃又顺从，其实相当固执。”

“是啊，我是那种为达目的不择手段的人。”

“唉，我确实欠你人情，还单方面知道了你最大的秘密，恐怕不公平。那我就告诉你一个我最大的秘密吧，这样就扯平了。你也不用担心我会泄密，整晚都睡不着觉了。”

“我倒没担心……”艾米利亚苦笑，“不过……是啊，凡事都需要保险。请务必说出您的秘密。”

“那就说个珍藏的机密吧。”

特蕾莎突然扫尽此前的弛缓气氛，神色严肃地说：“其实我——不是炼金术师。”

6

空气密度似乎突然增加，周围仿佛填满抑塞的沉默。

艾米利亚无法准确认知现实。他十分混乱，甚至半是认真地开始思考：“难道我在做梦？”

毕竟特蕾莎——不管怎么想都是炼金术师。她能看见只有炼金术师能看见的“以太”，最重要的是，她还有炼金术师之证“神印”。“阿尔卡黑斯特”成立前，她还在女王陛下等一众人前展示了炼金术。

艾米利亚确实并未目睹她的炼金术……但也没怀疑过她不是炼金术师。

或许这是她一如平时的恶劣玩笑。他带着些微期待看向特蕾莎，她的表情却依然极其严肃。

“当代真正的炼金术师名叫玛利亚弗拉斯特·博姆巴斯茨·冯·霍恩

海姆，是我的——妹妹。”

“等、等等……我的理解……跟不上……”

艾米利亚的话语如同呻吟，而特蕾莎兀自淡然地继续说道：

“十六年前，我妹妹死于‘异端狩猎’，我当时也受了致命的重伤。”

“拜托您，稍微……给我点时间整理心情……”

“我遍体鳞伤，移植了妹妹身体的一部分，奇迹般地保住了性命。这颗右眼就是其中之一。”

说着，她的右眼染上绯色。眼里红宝石般的瞳孔隐约浮现金色纹样——“神印”。

“移植时使用了活体炼金术，妹妹的一部分和我实现了细胞层面的融合，因此，我的右眼得以看见她过去所见的景色，也就是‘以太’。除此之外，我是个平平无奇的普通人，当然不可能使用炼金术。”

“好、好吧……这些我勉强理解了。”艾米利亚不适得像酩酊大醉，但还是拼命思考着问道，“但……您不是实际展示炼金术后加入军队的吗？”

“那只是把戏。”特蕾莎大言不惭，“事先用遇药熔解的贱金属裹住金块，专门放在坩埚里搅来搅去，只拿出黄金给人看。欺骗女王陛下虽然于心不安，但好在她似乎很崇拜我，托她认可的福，事情意外顺利。”

此事一旦暴露，恐怕火刑也无法收场，特蕾莎却说得不以为意。艾米利亚觉得眼前这名炼金术师恐怖至极。

“不过，进军务部进得那么草率，里面确实有人怀疑我。情报局局长亨利·弗维尔就是头一个。多亏他，我现在很抬不起头。”

“伪称炼金术师是重罪，一旦暴露就会立刻被处死。这您知道吗？”

“当然。”特蕾莎坚毅地点点头，“但我仍然必须接近军务部、接近国家中枢，为了找出杀害妹妹玛利亚的炼金术师。”

艾米利亚颤抖了。这和他自己潜入军务部的动机一模一样。

“杀、杀害令妹的……是炼金术师？”

“索席摩斯·俄安内。这就是我仇人的名字。”

特蕾莎满脸憎恨，咬牙切齿地说：“他表面是不属于任何国家或组织的流浪炼金术师，但赛斐拉教会认为他是‘异端狩猎’的幕后黑手，对他发起了特殊通缉。恐怕……对令堂下手的也是他。”

“唔！”

艾米利亚下意识咬紧后槽牙。一直寻找却毫无头绪的线索突然出现，他心跳加快，视野因浓烈的仇恨而变红。

“但现在只知道这么多。我也想立刻把他大卸八块，但不知道他在哪儿也无计可施。所以我赌上这条命，以能够看见‘以太’这个唯一的特技做武器，潜入了军务部。而你——也差不多吧？”特蕾莎柔和地看向他。

在风平浪静般安宁的视线注视下，艾米利亚激昂的情绪逐渐沉静。

此时，他终于理解了特蕾莎所说的“完全相反的同类”。

母亲遇害，拼命研究获得炼金术却秘而不宣，为复仇潜入军务部的艾米利亚。

妹妹遇害，为复仇而谎称炼金术师，舍命潜入军务部的特蕾莎。

伪装普通人的炼金术师，伪装炼金术师的普通人。

他们确实——是完全相反的同类。

这是怎样一出命运的恶作剧啊！

忽然，艾米利亚想起特蕾莎险些被捕时的情景。

当时她说“就算被抓也有底牌证明自己的清白”，那张底牌恐怕就在这里。如果不是炼金术师，就必然不是凶手。然而，打出这张底牌虽能洗清杀害费迪南德三世的嫌疑，却会因谎称炼金术师而立刻被处死。

不论如何，特蕾莎终究走投无路。

所以，自己挺身保护她，一定是正确的选择。

他哑然失笑。

“对不起，我有些失态了。不过……我感觉终于接触到了您的本质。您看起来吊儿郎当、什么都没想，其实想的很多啊。”

“你是不是太看不起我了？！”特蕾莎瞠目怒吼。

见她一如往常，艾米利亚也恢复如常。

“顺便问一句，您大白天就烂醉如泥，还调戏其他部门的女性职员，是有什么打算吗？”

“这是两回事。”特蕾莎挺起胸膛，自豪得毫无意义，“我基本决定了想怎么活就怎么活，穿喜欢的衣服，吃喜欢的食物，欣赏喜欢的东西！连我妹妹的份一起，我必须享受两个人的人生！没时间去做不想做的事！”

她如此自信十足地卖弄“废物”做派，饶是艾米利亚也无话可说。见他缄口不言，特蕾莎意味深长地笑道：“对了，艾米利亚小弟，你已经知道我最大的秘密了……之后打算怎么办？”

“什么怎么办……我明天起就要跟亨利·弗维尔局长做事了……啊，当然，您的秘密我打算带到坟墓里去。”

“信不过！”特蕾莎突然孩子气地说，“完全信不过！你这个男人，为了目的会满不在乎地撒谎！说不定会把我卖给局长，立功升官！”

“我才不会干这种事。”艾米利亚叹了口气，“首先，如果揭穿您的秘密，您肯定也会揭穿我。我和您已经是命运共同体了，不会主动冒险做那种蠢事。”

“可是，我的秘密被揭穿的话，我绝对会受刑，你不一样，被揭穿也只会受人追捧，简直不公平！”

“我想默默无闻地平静生活，这已经很不利了。”

“这说不定也是谎话！说不定你其实最爱引人注目！”

“太乱来了……”艾米利亚顿感无力，“那您要我怎么样才能接受？”

“嗯，这个嘛……如果能把你放在身边，我的不安也许能消除一点。”

“身边……怎么放？”

“你这男人还真迟钝。”特蕾莎无奈叹息，“所以才从来没谈过恋爱啊。”

多管闲事。艾米利亚撇撇嘴。

特蕾莎端正姿势，重新正式宣告：“开门见山吧，我想要你。”

“呃？！”

告白突如其来，艾米利亚目瞪口呆。特蕾莎倾身抓住他的手，热情地继续：“你的炼金术能力大有用处。军务部已经开始怀疑我的能力了。军方的优秀人才似乎比我想象中要多。这本来是件大好事，对我来说却很不利，再这样下去，我大概会在实现复仇这个主要目的前就被处死。所以——我想要你的力量。就像爱娜温帮助费迪南德三世那样，希望你让我成为真正的炼金术师。”

“欸……啊？”

话题的走向完全不同于想象，艾米利亚在另一种含义上再次陷入狼狈。但如果不给反应，事情似乎会逐渐按特蕾莎的意思走向定局。他努力开口："但、但是，这对您有好处，我却什么都——"

"你帮我忙，我作为炼金术师的评价就会不断上升，一旦闻名于世，就能得到世界各地关于炼金术的情报，有朝一日，还会有我们的仇人索席摩斯的消息。至少，比起在情报局出人头地，再潜入政府中枢，你能更快接近仇人。"

特蕾莎言之有理。

但这等于在说要以自己为饵。

"但您会遇到危险吧？"

"我现在也是豁出命待在这儿的，区别不大。"特蕾莎满不在乎地说，"你来帮忙，我就能比自己搜集情报的时候快好几倍找到仇人。这也是我能得到的好处。"

"也就是说，您利用我的能力，我利用您的立场？"

"说白了就是这样。"特蕾莎卑劣地撇嘴一笑，"所以，比起合作，我们这是更接近共犯关系。是我这个谎称炼金术师的普通人，即'诈骗师'和你这个谎称普通人的炼金术师，即'诈骗助手'的共犯关系。"

艾米利亚起了一身鸡皮疙瘩，下意识吞了口唾沫。

放任特蕾莎撒谎并予以协助，这是明确的叛国行为。事情一旦曝光，艾米利亚同样难逃极刑。

但个中好处同样极大。特蕾莎本就引人注目，倘若作为炼金术师也备受好评，理应会扬名世间。届时就能更快更确切地接近可恨的炼金术师索席摩斯。

艾米利亚本来是个小心驶得万年船的人。至今为止，他一直努力绵密计算、制定计划、极力排除危险，以求尽量得到安定的结局。

在他看来，特蕾莎的建议太过高风险高收益，是那种他平时不经丝毫考虑就会拒绝的胡言乱语。

然而——他犹豫了。

这一定是因为，他情不自禁地向往特蕾莎·帕拉塞尔苏斯这名女性的生活方式。

比任何人都更热烈地讴歌人生，暗地里却赌上性命挣扎着完成宿命，是非常坚强的女性。

虽然只有短短几天，但他和破天荒的她一起行动，大概也被传染了一点胡作非为的品性。

最后，他果断下定决心，伸出手。

“好吧，就跟您缔结共犯关系。这样一来——我们就真是命运共同体了。请您好好扮演炼金术师，别让我送命。”

“很会说嘛。”特蕾莎高兴地握住他递来的手，“你也好好帮忙，别让我送命啊。”

在无人得见、原本是牢房的地下室缔结了绝对秘密的共犯关系。

已经没有退路了。

“总之，必须向局长低头，让他把我调到‘阿尔卡黑斯特’。”

想到之后的安排，艾米利亚有些沮丧。要辜负局长的期待，他实在痛心。

“应该会意想不到地顺利哦。”特蕾莎心情大好，一口气喝干茶水，“那个顽固大叔视我为眼中钉，要是你这个心腹主动提出监视我，他一定会高高兴兴地写推荐信。”

那也让人心情复杂。毕竟，艾米利亚真心想在亨利的麾下学习。

“不管如何，你是个男孩子，比起在凶神恶煞的大叔手下卖力，还是在我这种漂亮姐姐手下轻松干活儿比较高兴吧？”

特蕾莎卖弄风情地看着艾米利亚，艾米利亚却板着脸。

“如果想骗年轻男孩，劝您少喝点酒，不论男女，现在的年轻人都很讨厌一身酒臭的人。还有，如果您希望我当您下属，工作时间禁止喝酒。假如放任您如此乱来，我在军队的评价可能会下降。”

“我还是不要你了！”特蕾莎惨叫。

“已经晚了，请死心。”艾米利亚冷静以告，“相对地，下班之后……我偶尔也会陪您喝几杯，您就忍忍吧。反正您一个酒友都没有吧。”

“唔呃……”特蕾莎不甘地吞吞吐吐，“你真是毫不客气啊……算了，总比毕恭毕敬的好办……但也有个限度。你要好好把我当上司尊敬哦？”

“如果您能当个值得尊敬的上司，那自然。”

艾米利亚露出假笑回应。

随即，他突然想起个问题，趁机询问特蕾莎。

“说起来——‘阿尔卡黑斯特’是什么意思？”

特蕾莎像个想到恶作剧点子的孩童般微微一笑，答道：“‘阿尔卡黑斯特’是炼金术里可以溶解各种物质的虚构溶剂。稍微想想就知道，如果能溶解各种物质，不就没有容器能保管它了？所以，这是个代表‘矛盾’和‘虚伪’的术语。作为谎称炼金术师的我所属的组织名，再合适不过了吧？”

“您总是喜欢明目张胆地干坏事啊。”

至于决定和这样的特蕾莎·帕拉塞尔苏斯扯上关系的艾米利亚，想到未来可能遭遇的各种困难，他深深叹了口气。

后 记

初一时读的阿加莎·克里斯蒂作品《无人生还》是我最初的推理体验。我被帅气的书名吸引，没有任何事前信息就开始阅读，现在想来，恐怕是人生最大的幸运。远在六十年前写成的遥远异国故事无比可怕，我不知发生了什么，和登场角色一起恐惧得发抖，却仍然停不下翻动书页的手。最后，一切真相大白，不可名状的“推理”虏获了我的心。

这一“诅咒”——至今仍在延续。

初次见面，我是绀野天龙。

十分感谢您阅读《炼金术师的密室》。我曾在出道作《零之战术师》（电击文库）的后记中提到自己“本来是写推理的，这是第一次写奇幻”，早川书房的编辑似乎信以为真，向我约稿，一切就此开始。

早川书房突然委托一个没有推理题材商业出版实绩的作家撰写推理新作，如此决断实在令人震惊。责编甚至对我说：“请绀野老师用自己喜欢的方式写自己喜欢的内容。”

感激不尽。

因此，我在这部作品中全力展现了自己对最爱的推理的感情。希望您能够享受到最后。

机会难得，我稍微聊聊推理。

带我走进推理世界的是克里斯蒂，所以，我初中读的全是外国作品，喜欢的作家虽多，奎因和克里斯蒂却地位特殊。我至今难忘读完“悲剧”系列时的震撼，且在同样毫无准备地阅读《罗杰疑案》时大为震惊。这真是莫大的幸运。

但我一部日本国内作品都没读过。因为我莫名有种日本推理小说凄惨阴暗的偏见。

彻底打碎这种偏见的是有栖川有栖的《孤岛之谜》。我高一偶然在图书室看见这本书，因为书名、作者名和装帧都很华丽，为国内也有这种作品而吃了一惊。

此后，我深深沉迷国内作品，尤其是新本格。国内也有很多我喜欢的作家，其中，京极夏彦、西泽保彦、森博嗣、城平京、久住四季几位老师给我的影响尤其深远。

高一冬天，我读了城平老师的《钢铁头目的密室》，激动地想“这么有趣的推理小说真的可以存在吗！”以此为契机，我也开始执笔写小说，成了人生的转折点（真是奇迹般的幸运）。

高三时，我沉迷于京极老师和森老师的作品，也不复习高考，到处找他们的小说来看了个遍。现在想来，也是美好的回忆（但后来非常惨）。

知道西泽老师是在大一。我至今清晰记得自己在公共课上看《死了七次的男人》，看到最后差点蹦起来（然后被批评了）。

久住老师出道后不久，我在考试前夕通宵看了两遍《魔学诡术士》，还没冷静下来就去考试了（结果考得很烂）。

从倾向推测，我似乎喜欢世界观独特、重视逻辑的作品。

本作之所以是发生在炼金术这一奇幻世界观下的推理故事，正是出于如此原因（兴趣）。

推理小说最吸引我的地方，是自由。

只要能让读者吃惊和开心，大可为所欲为——我自认为，推理就是如此宽容的一类作品。

如果您在《炼金术师的密室》里也感觉到了一丝推理蕴藏的可能性，我将喜出望外。

最后，真心感谢参与本书制作的各位。

尤其感谢始终为我提供准确建议的责编小野寺老师。本书能维持一贯水准，无疑是多亏了老师的帮助。

此外，也向读到最后的各位读者致以最大的谢意。

2019年2月某日于自宅　沉默之中

作者　绀野天龙

参考及引用文献

［意］安德烈亚·阿罗马蒂科. 炼金术：伟大的奥秘[1][M]. 后藤淳一，译，东京：创元社，1997.

1　中文译本：［意］Andrew Aromatico. 炼金术：伟大的奥秘[M]. 李晓桦，译，上海：上海书店出版社，2002.——译者注

图书在版编目（CIP）数据

炼金术师的密室 /（日）绀野天龙著；杜星宇译
. -- 宁波：宁波出版社，2022.9
ISBN 978-7-5526-4628-3

Ⅰ.①炼… Ⅱ.①绀… ②杜… Ⅲ.①推理小说—日本—现代 Ⅳ.① I313.45

中国版本图书馆 CIP 数据核字（2022）第 116015 号

版权合同登记号：图字 11—2022—225

炼金术师的密室
LIANJINSHUSHI DE MISHI

[日]绀野天龙　著
杜星宇　　　译

出版发行　宁波出版社
（宁波市甬江大道 1 号宁波书城 8 号楼 6 楼　315040）
责任编辑　孙秀秀
责任校对　虞姬颖
印　　刷　嘉业印刷（天津）有限公司
开　　本　880mm × 1230mm　1/32
印　　张　7.5
字　　数　175 千
版　　次　2022 年 9 月第 1 版
印　　次　2022 年 9 月第 1 次印刷
标准书号　ISBN 978-7-5526-4628-3
定　　价　48.00 元